僕らは青い恋に溺れる

夏生タミコ

幻冬舎ルチル文庫

C O N T E N T S ✦目次✦

✦カバーデザイン＝齊藤陽子(CoCo.Design)
✦ブックデザイン＝まるか工房

イラスト・コウキ。
✦

僕らは青い恋に溺れる

階段を慌てて飛び降りたせいで危うく躓《つまず》きそうになり、その拍子に持っていた参考書を遠くに飛ばしてしまった。古文の参考書が、薄暗い地下鉄構内の、湿ったコンクリートの上にめくれて落ちる。鞄《かばん》にしまうのも忘れ、手に持ったまま駅まで来てしまったのだ。

ここまで、猛烈な勢いで逃げるように走ってきたというのに、一度足が止まってしまうと、今度は身体《からだ》が思うように動かない。

俺、宮乃晴生《みやのはるお》は肩で息をしながら、額に浮かぶ汗を拭《ぬぐ》った。ただでさえ蒸し暑い中を全力で走ったせいで、首筋にも汗が流れ落ちる。

とにかく、落ち着かなければならない。

俺はロボットみたいな動きでぎくしゃくと参考書を拾い上げながら、さっき起こった出来事を思い返してみた。

蘇《よみがえ》るのは三つ歳下《としした》の高校生の、大人びた無愛想な顔と、その低い声だ。

——ハルオ先生……。

俺に向かって放たれた、あの言葉。

本気だろうか。何かの間違いじゃないだろうか。

——好きなんだ。

「ダメだ……」

ぼやいて、ぶるりと頭を振る。

どれだけ落ち着こうとしても、あの言葉をどう受け止めたらいいのかわからない。あれは本当に、自分に向けられた言葉なのだろうか。こんなことがドラマやマンガではなく、自分の人生で起こるなんて、どうしても信じられない。

告白されてしまった。

それも、高校生の、男に。

地下鉄に乗ると、汗を掻《か》いた腕が冷房に当てられ、ひんやりと冷えて心地いい。

俺はぼんやりと、暗い窓に映る自分の顔を見つめた。何の変哲もない、普通の男の顔がそこにはある。優しそう、気が弱そうと言われることはあるが、容姿をとくに褒められたことはない。色白で頼りなさそうな、迫力に欠ける風貌《ふうぼう》だ。百七十三センチと平均的な身長で痩《や》せ型、筋肉もついてないし、男らしいというには程遠い。

だからといって、女性的な要素などどこにもない。どこからどう見ても、際立ったところのない、気弱な男子学生だ。我ながら、高校生男子に憧《あこが》れられる部分が見つからない。どちらかと言えば、舐《な》められてバカにされる方がしっくりくる。

そんな自分を見れば見るほど、さっき受けた告白が信じられない。

相手は家庭教師先の教え子だった。高校二年生の、男子だ。

冗談だとは考えられないだろうか。俺が赤くなったり青くなったりするのが面白くて、からかっていただけじゃないのか。

だが、告白された瞬間の彼の真剣な目つきや笑えない雰囲気が、楽観的な考えを否定する。

本気なのだとしたら、一体いつからだ。

何故《なぜ》、俺なんだ？

考えたことも想像したことすらない事態に、頭が纏《まと》まらない。

気が付けば地下鉄はあっという間に目的の駅に着き、ぼんやりしていた俺は危うく乗り過ごすところだった。

待ち合わせの居酒屋に入ると、俺は早速ビールを注文した。一気に呷《あお》って、やっと一息つく。

時計を見れば、約束の時間までには後十分残っている。そういえば、焦りすぎて十分早くバイトを切り上げてしまっていた。ろくに声も出せず、何の返事もせず、家庭教師先の家を飛び出してきてしまったのだ。

今考えたら、高校生相手にあんなに慌てた姿は、さぞ情けなかっただろう。向こうの両親がいつも留守にしているからいいようなものの、バイト時間を残した状態で勝手に帰ってきたのはまずかった。

「おまえ、もう空けてんの？」

二杯目のジョッキが運ばれてきたのと同時に、聞き慣れた低い声が頭上から振ってきた。

顔を上げると、雪路《ゆきみち》が呆《あき》れたような顔をして立っている。

「顔、もう真っ赤だぞ」

雪路は座敷に上がってきながら、戻ろうとする店員の女の子に中ジョッキを一つ頼んで、俺の顔を覗《のぞ》き込むように見た。

「そんな飲んでないよ、これ二杯目」

あまり酒に強くない俺は、少しでもアルコールが入るとすぐに顔に出てしまう。酔っているわけではないのに、どこでも散々からかわれてしまうのが若干面白くない。

須川《すがわ》雪路は、大学に入ってから知りあった友人だ。入学して少し経《た》ってからだから、一年とちょっとの付き合いになる。学部学科が同じ雪路は、友達の少ない俺にとって、身構えることなく付き合える大事な相手だった。

雪路は出てきたビールをうまそうに呷り、口に付いた泡を手の甲で拭って、深い息を吐き出した。

「生ビール久しぶりだ、うまい」

唸《うな》るような声で吐き出す姿には、労働が板に付いた中年男のような渋さがある。

俺と同い年だから二十歳《はたち》そこそこ、身長や体格は俺とほとんど変わらない——正確には雪路の方がほんの少し高く、微妙にがっしりしているが——のに、彫りの深い顔立ちに浮かぶ落ち着いた表情や大人びた仕草は、俺より随分大人びて見える。

「バイト忙しかった？」

「あー、まあ忙しさは普通だけど。そういえば凄《すご》い部屋あったな、何のプレイしたらああなんのかね」

雪路は整った眉間《みけん》に深い皺《しわ》を寄せて呟《つぶや》く。たった今まで近くのラブホテルで清掃のバイトをしていた雪路の脳裏には、どんな状態の部屋が思い出されているのだろう。少し気になったが、深くは聞かないことにした。

「ここも、久しぶりに来た」

雪路は窓から下の通りを眺めて呟いた。

この店は駅から十分ちょっとと少し歩くが、ビールが安いので学生に人気の店だ。去年は二人でこの店に飲みに来ることもあったが、今年になってからはすっかり足が遠のいていた。

雪路は下の通りが見下ろせる窓際のこの席がお気に入りだ。様々な種類の人間が、一斉に歩いている姿を見るのが好きなのだという。

俺もつられて、夜の街を見下ろした。

十九時半を過ぎ、通りには徐々に人が増えてきている。会社帰りのスーツ姿のサラリーマンや、着飾った若い女たち、寄り添うように歩くカップル。

この中の大半の人間が、誰かを好きになったり好きになられたりしているのだろう。たぶん。だが、同性から告白されたことのある人間が、一体どれほどいるだろう。

よく人生とはドラマだ、なんて聞くけれど、自分の人生にそんなものが用意されているはずもなく、その他大勢の、誰が話しても聞いても面白くも何ともない、平凡な毎日が待っているのだと思っていた。

それともこれは、誰にでも起こる平凡な出来事なのだろうか。

少なくとも俺にとって、これは事件だった。

教え子に告白されることも事件なら、男に気持ちを寄せられることも大事件だ。

俺は再びビールを流し込んだ。どれだけ飲んでも、酔った感覚は訪れてくれない。今日みたいな日ほど、あっという間に酔っぱらってしまいたいのに、いつまでたっても頭が冴《さ》えている。

ふと気がつくと、雪路は無精髭《ぶしょうひげ》の生え始めた痩せた顎《あご》を上向けて、俺の顔をじっと見つめていた。くっきりと整った二重の目に見つめられ、俺は何故かドキリとした。

「なに?」

「今日、なんか変だな。なんかあったか」

雪路の、あまり抑揚のない素《そ》っ気《け》ない喋《しゃべ》り方。だが、俺にはこれが一番効く。この鋭い目で見つめられ、短い言葉でさりげなく問われると、するすると口を開いてしまうのだ。

「あのさあ……」

ちらりと上目使いに雪路を見る。俺のビールはもう二杯目も残り僅《わず》かだ。雪路は、まだ泡も消えてないジョッキの残りを目ざとく見た。

「……告白、されたんだけど」

雪路はきょとんと目を一度瞬《しばたた》かせると、僅かに首を傾《かし》げた。

「誰に？」

「バイト先の、教え子」

「あれ、おまえの教え子って、女だったっけ」

俺はぶんぶんと首を横に振った。

女じゃない。だからこんなに悩んでるんだ。

雪路は俺の顔を見つめたまま数秒間固まっていたかと思うと、わざとなのか寝癖なのかわからない、無造作な黒いくせ毛を突然くしゃくしゃと毟《むし》った。眉間に僅かに皺を寄せ、もう一度俺を見る。

「……高校生だったよな」

俺は一つ頷《うなず》いた。

雪路はそのまま黙ってしまった。何を考えているのか、ただ頬杖《ほおづえ》をついてあらぬ方向を見つめている。

「……へえ」

気の抜けた返事に、肩からどっと力が抜けた。随分時間を置いたから、何を言われるのかと多少緊張していたのに、拍子抜けだ。

「へえっておまえ、もっとなんかないの」

「ないのっつったって」

雪路は、珍しく困ったように首の後ろを掻いた。

「おまえ自身のことだろ。俺には答えようがない」

素っ気なく返され、俺はムッと口唇《こうしん》を尖《とが》らせた。

雪路が素っ気ないのはいつものことだが、今日ばかりは少し冷たすぎるように感じる。

別に、真剣なアドバイスを期待しているわけじゃなかった。雪路の無愛想も無関心も出会った頃から変わらないし、俺が何を話しても大抵こんな返事しかしないのはいつものことだ。それでも俺がこうして相談してしまうのは、雪路が聞いてくれるだけで、少し心が落ち着くような気がするからだ。

だが、今回だけは特別じゃないか？

だって俺、男に告白されたんだぞ。しかも教え子だ。これからもきっちり週に三回通って、一つ部屋で向かい合っていなければならない。もっと何か言うことがあるんじゃないか？もっと俺の八方塞《ふさ》がった気持ちに、同調してくれてもいいんじゃないか？

そんな俺の内心を知ってか知らずか、雪路は少し置いて続けた。

「まあ……冗談とかそういうんじゃないなら、誠実に答えてやれよ」

冷静な言葉はあまりに雪路らしく、反論する隙《すき》もない。

確かに、そうするしかないのだろう。

俺は拗《す》ねるように、残り少なかったジョッキを空にした。三杯目を頼もうとしていると、「ペース速すぎんじゃないか」と、雪路が言った。僅かに眉《まゆ》を上げ、通った鼻筋を上向ける仕草は、いつもと変わらない雪路の癖だ。平然とした表情には、俺を心配している様子も、動揺している気配すらない。

面白くなくて、俺はその後も、大して飲めないアルコールを無理矢理飲み続けた。

だが、どれだけ酒を飲み、運良く酔っ払うことができたとしても、明日という日は必ずやってくる。

どうやってこの事態に対処すればいいのだろう。明日、俺はどんな顔でバイト先へ向かえばいい？

いっそ、休んでしまいたい。

「休むなよ、バイト」

俺の心を読んだようなタイミングで、雪路が図星を指す。

言って欲しいことは言わないくせに、言わなくていいことはズバズバ突き刺してくる雪路に、もどかしさが募る。

ふと、言って欲しいこととはなんだろうと考えた。俺は雪路に、何を言って欲しいのだろう。

それすらもよくわからない。

だが確かに、俺は雪路に、もっと違う言葉をかけて欲しかった。

雪路は俺の気持ちなどどこ吹く風で、うまそうにビールを呷っている。俺は小さく息を吐いて、冷たい窓ガラスに、こつんと額をくっつけた。


去年の冬から半年以上通い続けた立派な一戸建ての玄関の前に、俺はまるで今から戦争にでも行くような面持ちで、数分間立ち尽くしたままでいた。

初めてここに立ったときも、相当緊張していたことを思い出す。それまでも家庭教師のバイトをやってはいたが、俺が教えてきた生徒は大体小中学生で、子供を相手にしているという感覚だった。だが、男子高生というのは初めてだし、二年生ともなればほとんど大人、歳も俺とそんなに変わらない。そんな相手に、どういうスタンスで勉強を教えればいいのかと、かなり身構えていたのだ。

「ハルオセンセ、何してんの」

頭上から降ってきた声に、俺は飛び上がりそうなほど驚いた。強張《こわば》った身体をぎくしゃくと動かして見上げると、二階の窓からこちらを見下ろす顔がある。

阿久津《あくつ》硅《けい》、高校二年生。俺の教え子だ。

「早く上がって来いよ」

いつもの調子で雑に言われ、背中にひやりと冷たいものが伝う。

俺はごくりと唾《つば》を飲み込み、今日一日朝から何度も自分に言い聞かせていることを、再び頭の中で繰り返した。

落ち着け、俺。

いつもどおりにするって、何度も考えただろ。仕事なのだから、授業はちゃんとやる。勉強中に昨日の話を蒸し返されそうになったら、終わってからだとはっきり言う。その後に返事を求められたら、今自分は恋愛のことを考えられる状態にはない、と答える。

昨日、雪路と別れてから今このときまで、散々考えて出した結論だった。とにかく、相手は男だし、教え子だ。好きも嫌いもないのだから、それ以外答えようがない。

ぎくしゃくとした足取りで階段を上がり、二階の硅の部屋に辿《たど》り着く。硅は部屋のドアを開けて、俺を待っていた。いつもと変わらない切れ長の細い目に、大きな口。骨ばった顎と、短く刈って、毛先がツンツンに尖っている真っ黒い髪の毛。俺より随分高い位置からこちらを見下ろす、物怖《ものお》じしない大きな態度。

「昨日やったとこ、今日の小テストに出たぜ」

緊張しながら部屋に入った俺に、硅は開口一番そう言った。

「え？　あ、ほんと？」

「ほんと。古文のセンセー、小テストとかもミリミリ成績に響かせるから、助かった」

「マジで？　よかった、やった甲斐《かい》あったなあ」

勉強の成果が出たと聞いて、思わず笑いかけてしまう。硅は照れくさそうに口元を緩めた。

何とか普通に会話ができたことで、肩からスッと力が抜けた。

早速、件《くだん》の小テストを出させて机に広げた。間違っているところを確認すると、やはり硅は尊敬語と謙譲語を混同している。何度教えても同じような問題を間違えるので、根本的に理解できてないのかもしれない。

「ほら硅、この『たまへ』また勘違いしてない？　これ見て。下に『ば』って助詞があるだろ？　これがつくって言うのは……」

「四段活用の未然形」

「だろ？　だから」

「尊敬語だ」

ぼそりと言って、硅が顔を上げる。

「こうやってハルオセンセに教えてもらってるとわかる。でもテストになるとわかんなくなるんだ」

「じゃ、同じようなテスト何回もやって、間違えないようにしよ。こういうのは慣れもあるからさ。俺も高校んとき苦労したんだ、けどルールさえ身につければ間違えないようになるから」

硅はこくりと首を縦に振った。そんな風に頷く仕草は子供のようで、大きな身体とのギャップがつい可愛らしいなどと思ってしまう。

硅に問題を解かせている間、俺は小テストにもう一度目を通した。やや右上がりの幼稚な字。硅の字は、筆圧が強く乱暴で、いつも枠を少しはみ出している。

俺はテスト越しに、いつもと変わらず真面目に机に向かう、硅の背中を盗み見た。

昨日もこうして硅の勉強を見ていた。少なくとも俺は、硅が俺に抱《いだ》いていた思いなど欠片《かけら》ほども気付かなかったし、普段と変わらず学校の授業の復習をやって、問題集を解いていた。

俺はベッドに腰掛けて、硅の学校でそろそろ始まる期末試験の対策を考えていた。

その途中だった。硅がいきなり振り向いて俺を見た。硅が何を言うかなんて想像もついていなかった俺は、切羽詰まった顔をぼけっと見返していただけだ。

硅は低い声で『好きだ』とぼそりと呟いた。

一瞬何を言われたのか理解できず、俺は間抜けにも聞き返してしまった。

『俺、ハルオセンセが好きなんだ』

今度ははっきりと、明瞭《めいりょう》に聞こえてしまった、硅の告白。

あの瞬間を思い出し、知らずため息を吐《つ》きそうになって、慌てて口を押さえた。硅にため息など聞かれてはいけない。

去年の冬、俺は大学の求人情報を見てこの家にやってきた。高校生相手ということで少し迷いはしたが、他に比べて時給がよかったのと、俺の下宿から近いという、通いやすさに惹《ひ》かれてのことだった。

綺麗《きれい》に片付いた立派な家の中で、初めて会ったときの硅は、不愛想でにこりともせず、とても家庭教師を必要としているようなタイプには思えなかった。身体が大きく、俺より十センチは余裕で高い位置から、切れ長の目を僅かに伏せて、低い声でぼそぼそと喋る。俺は、こいつを相手にやっていけるのかと、これからのことを考え暗い気持ちになったものだ。

だが、通い始めてすぐに気付いた。硅は、その不遜《ふそん》に見える目つきや態度と裏腹に、とても素直な子だった。口調は少し乱暴だが、やれと言ったことはきっちりやるし、無茶なことは言わず、話も真剣に聞く。目つきが怖いのは癖で、無愛想なのは話し方を知らないせいだとわかった。

今、硅は何を考えているのだろう。問題のことだけを考えているのか、それとも、俺に見せない表情があるのだろうか。

何を言うか、どういう態度を取るか、あんなに考えて決めてきたはずなのに、やはりいざとなると、頭で考えていたようにはいかない。

俺は、昨日の告白について言及されなかったことに、内心ホッとしていた。突然帰ってしまったことを責められたり、性急に答えを求められたりしたら、やはり昨日と同じように、逃げ出してしまったかもしれなかった。

「できたよ」

硅が振り向いたので、気を取り直して、ノートに書かれた答えを覗き込む。

うん、きっちりできている。こうして問題をやらせると正解するのに、いざテストとなるとやっぱり間違えてしまう。何故だろうな。どうやったら間違わないようになるのかな……。

「ハルオセンセ」

「ん？　なに？」

顔を上げると、硅の目がすぐ間近にあった。切れ長の強い目の光に見つめられ、心臓が跳ね上がる。

――好きなんだ。

突然、昨日のあの低い声が、耳元に蘇る。俺は湧《わ》き上がってくる唾を飲み込んだ。

「昨日の……俺、本気だから」

一瞬頭が真っ白になって、言葉がまったく出なかった。何と返すつもりだったか、どういう態度をとるつもりだったか。硅の真剣な強い視線に、さっきまで考えていたことが一瞬にして吹き飛び、机に置いた手がじっとりと汗ばむ。

「本気だ」

硅はもう一度繰り返した。切れ長の細い目の奥に、硅の真剣な気持ちが見えるようだ。

逃げられない、と改めて思った。

硅が何も言ってこなければ、この一件をなかったことにできるんじゃないか、などとどこかで思っていた。

だが、こんな風に真《ま》っ直《す》ぐ、真摯《しんし》に見つめられて、どこに逃げ道などあるだろう。

硅の瞳《ひとみ》に、自分の狡《ずる》さを見透かされているような気がして、俺はただ身体を強張らせ、冷や汗を掻くばかりだった。

『ハルオセンセ』

硅は俺をそう呼んだ。

普通、バイトの家庭教師を名前で呼ぶだろうか。気になってはいたし、気恥ずかしさもあった。だが、一見とっつきにくい強面《こわもて》でそう呼ばれると、硅が俺を特別に慕ってくれているようにも思えて、嬉《うれ》しくもあったのだ。

俺はもう癖になってしまった長いため息を吐いた。

七月も中旬になると、夜は随分蒸し暑い。ついこの間まで毎日雨が降り、部屋の中は過ごしやすかったのだが、ここ二、三日で一気に気温が上がってしまった。窓を開け、扇風機をつけてはいるが、快適とは程遠い。

俺は蓋《ふた》をしたカップラーメンを見下ろした。余計に汗を掻きそうな夜食だが、これだけは季節問わず美味《おい》しい。微妙に浮いた蓋の端を見下ろし、ハッとした。もう三分経ったんじゃないだろうか。ラーメンはちょっと硬いくらいの方がうまいのだ。俺は慌てて蓋を取り、ラーメンに箸《はし》を突っ込んだ。麺《めん》は案の定、少し伸び気味だ。仕方なく頬張ろうとしたとき、チャイムが鳴った。

ラーメンを置いて玄関を開けると、やってきたのは雪路だ。夜に訪ねてくる相手はこの男しかいないので、大体予想はついていた。

雪路は見慣れない作業服姿で、「おお」と小さく手を挙げた。随分疲れている様子で、心なしか頬がやつれて見える。

「おまえ、もしかしてまたバイト増やしたの？」

問いかけには答えず、雪路はどかどかと部屋に上がり込んできた。俺がたった今食べようとしていた少し伸び気味のカップラーメンを躊躇《ちゅうちょ》なく手に取ると、当たり前のようにずずると食べ始める。途中で顔も上げずに短く言った。

「金、要るしな」

さっきの俺の質問への答えらしい。食べる手を止めない雪路に、俺は遠慮なく聞く。

「ラブホテルは？」

「やってるよ。昼間に」

「飲み屋は」

「最近あんま入れないんだ、バイト増えてな」

「で、今度のはなに」

「工事現場。わかってたけど、かなり身体に来るな、金がいいぶん」

「……っておまえ、いつ学校行ってんだよ」

忙《せわ》しなく手と口を動かしていた雪路が、埃《ほこり》に塗《まみ》れた顔をちらっと上げ、一瞬だけ俺を見た。

「適当に行ってる」

ぼそりと答えると、すぐに視線を逸《そ》らし、再び麺を啜《すす》り始める。

俺は小さくため息をついた。

適当に行っている、などと言うけれど、最近学校で雪路の姿を見ることはほとんどない。

去年から休みがちではあったが、二年生になってからは余計顔を出さなくなってしまった。

おまえ、単位足りてるのか？

そんな生活を続けて大丈夫なのか？

喉元《のどもと》までせり上がっている台詞《せりふ》をぐっと飲み込んだ。

雪路には両親がいない。

大学に入学した直後、たった一人の母親を病気で亡くした。脳出血で、突然のことだった
そうだ。まだ小学生の妹と弟のいる雪路は、そのとき学校を辞めるつもりだったが、親戚に

説得されて止《とど》まったと言う。

だが、奨学金をもらいながら生活費を自力で稼ぎ、弟妹たちへの仕送りも続けている雪路の毎日には、少しの余裕もない。親戚は仕送りなど必要ないと言ってくれているらしいのだが、雪路は絶対にやめようとしなかった。

バイトばかりして学校に出て来ない雪路のことを考えると、俺はひどく不安になる。こんな生活を続けて、今後どうするつもりなのだろう。何か考えていることがあるのかもしれないが、雪路は自分からは口にしない。はっきり問い質《ただ》すことも何となく躊躇《ためら》われて、俺は雪路に何も言うことができないでいた。

一度だけ、雪路が言ったことがあった。

『こんなことなら、やっぱり進学するんじゃなかったな』

詳しく聞いてはいないが、元々母子家庭で、進学自体を随分迷っていたのだということを聞いたことがある。

正直俺は、せっかく大学に入ったのだから頑張って通って欲しいと思っている。だがそれは、学費と家賃を出してくれる保護者がいる俺が言えることじゃなかった。もし俺が雪路の立場だったら、大学に通うことに意味を見出せるだろうか。

何が一番正しい選択なのか、誰にだって答えは出ない。雪路の私生活や考え方に、俺は簡単に口を出せなかった。

雪路は凄い勢いでラーメンを食べ終わると、俺に向かって手を合わせた。

「ごちそーさん、今度返す」

いつもの言葉に、俺はおお、と軽く頷いた。

返さなくてもいい。カップラーメンくらい、幾らでもうちで食えばいい。本当はそう言いたい。だが、毎回律儀に返してくれる雪路を思うと、何故かその一言が出ない。だから俺は、黙って受け取ることにしていた。

簡単に夕飯を終えた雪路は、自販機で買ってきたらしい発泡酒をうまそうに喉を鳴らして飲んだ。仕事終わりの一本は、雪路にとって小さな贅沢《ぜいたく》なのだろう。

「なあ、おまえ、あれどうなった」

雪路の突き出た喉仏が気持ちよく動くのを見ていた俺に、ふと思い出したように尋ねてくる。

「なにが?」

「おまえの教え子」

「ああ……」

さすがの雪路も、覚えていてくれたらしい。俺はぼりぼりと頭を掻いた。

「別に、どうにもなってない。そのまんま」

「好きだって言われたんだろ?　高校生の男に」

「……そうだけど」

改めて言われると、何故かひどく居たたまれない。俺は無意識に雪路から顔を背けた。

「そのまんまって、何にも言ってないし、言われてないってことか」

雪路の声には呆れたような響きがある。俺は黙って、頷いた。

告白されたあの日から一週間が経つが、俺は結局、硅に何も答えていなかった。

硅はあれから俺に気持ちを聞いてこないし、好きだから何をしたいとも、どうして欲しいとも言わない。具体的なことを言ってこない硅に甘えて、俺も何となくズルズルと、これまで通り勉強を教えていた。

「いいのかおまえ、それで」

雪路が淡々と呟く。

硅の気持ちを中途半端にはぐらかしている状態なのだから、いいわけはない。けれど、それならばどうすればいいと言うのだろう。

俺はこれからも硅の家で勉強を教えなければいけないし、はっきり振ってしまって、気まずい関係になるのはできるだけ避けたい。辞めるのは簡単かもしれないが、すぐに逃げ出してしまえるほど硅を嫌かと言うと、やはり、ここまで一緒に勉強をしてきて、慣れた生徒への親しみがある。必要ないと言われるまでは、できればあの家に通いたいという気持ちが強いのだ。

それに何より、硅のあの目。

あの強い視線に真っ直ぐ見つめられると、俺は頭が混乱してしまう。硅を恋愛対象に見ていないとはっきり伝えようと思ってみても、硅の視線の前に立たされると、射すくめられたように何も言えなくなる。それどころか、硅の望む答えを口にしてしまいそうになるのだ。

「優柔不断」

黙ったままの俺に、雪路のよく通る声が、ぴしりと突き刺さった。

「晴生は何でもそうだな。はっきり答えを決めたがらない」

責めるでもなく、バカにするでもない、平坦《へいたん》な口調。

俺は俯《うつむ》いて、項垂《うなだ》れた。

雪路に言われるまでもなく、自分の優柔不断はよくわかっている。俺は昔からなんでもそうだ。食事のメニューを決めるのも買い物をするのも、選んだり決めたりするのに時間がかかる。

特に恋愛は一番苦手だ。これまで女の子と付き合ったことは何度かある。だがどれも向こうから言われて何となく、なし崩し的に始まったし、別れるときは自然消滅だった。

俺は、自分で答えを出しなさいと言われると、途端に迷路に迷い込んだような気持ちになってしまう。

「なあ、雪路。おまえだったら、どうする……？　もし、その、教え子の男に、そういうこと言われたら……」

俯いたまま、怖ず怖ずと問いかける。

「俺は、おまえは根本的なところを忘れてると思う」

「なに？」

「好きだって言われたら、好きかどうかを答えるもんじゃないのか。どうするも何も、おまえがそいつをどう思ってるかが問題なんじゃないの」

雪路って奴は、どうしてこう、俺の痛いところを平気で突いてくるのだろう。自分から尋ねたのを棚に上げて、俺はストレートすぎる雪路を責めるように見た。

「だって、あいつ男だぞ」

俺がそう言った瞬間、雪路の目つきが鋭く尖った気がした。雪路は発泡酒の残りを一気に呷って、空き缶をごみ箱に投げ捨てると、心なしかきつい口調で言った。

「だったらそれがおまえの答えなんだろ。そう言うしかないんじゃねーか」

俺は何も答えられなかった。

「風呂借りるぜ」

雪路はそう言うと、さっさと服を脱いでシャワーに向かってしまった。

俺は雪路の投げ捨てた発泡酒の空き缶を見るともなしに眺め、拗ねるようにその場に寝転んだ。蛍光灯の明かりが眩《まぶ》しくて、片手で顔を覆う。

雪路の言うことはいつだって正しかった。必要なものとそうでないものをはっきり決められて、自分の気持ちが明確に見えている雪路には、いちいち迷ってしまい、なかなか答えを出せない俺の気持ちなど、きっと想像もつかないだろう。

雪路を見ていると、自分のことをひどく情けなく感じてしまう。

浴室から聞こえるシャワーの音をバックに、ぼんやりと白い天井を見上げた。硅の強面が浮かんで、消える。

シャワーから出てきた雪路は、髪が乾くまでしばらくぼんやりとテレビを見ていた。欠伸《あくび》の量が増えてきた深夜過ぎ、眠そうな目を擦《こす》りながら立ち上がると、のろのろと玄関に向かう。

「帰んの？」

「おお、あんがとな」

ここから雪路の下宿まで、自転車で三十分以上かかる。さっきから疲れた顔で欠伸を繰り返しているのを見ると、さすがに心配だ。

「そんな眠そうな顔してチャリで帰るの危ないよ。泊まっていけば」

雪路は考える間もなく即座に首を横に振った。

「いや、帰るわ」

雪路の返事は予想通りのものだった。

「そう」

きっぱり断られれば、これ以上誘うことはできない。

俺としては、風呂まで入ったのだし、こんな時間にわざわざ帰らなくても泊まればいいと思うのだが、雪路はどんなに遅くなっても必ず自分の家に帰ると言う。何故そこまで嫌がるのか、雪路の考えることはよくわからなかった。

雪路が帰って一人になると、やはり硅のことが頭に浮かんだ。

憂鬱《ゆううつ》だった。俺はこんな面倒な問題に、どう立ち向かったらいいのかわからない。

いっそ、何もかも放り出して、逃げ出してしまいたい。

――だったらそれがおまえの答えだろ。

雪路の言葉が脳裏に響く。

そうだよな。それがきっと、答えなんだよな。

けど、それが相手を傷つけることになっても、きっぱり口に出せるか？

雪路、おまえなら。

逃げていても解決はしない。それに、正直、完全に逃げ切るほどの勇気もないのだ。

俺って本当に、ダメな奴。

俺はもう何度目か分からない、深いため息を吐いた。

朝一の授業開始十分前、俺はハラハラしながら広い講義室を隅から隅まで見渡していた。

やはり、雪路の姿はない。この先生の授業はとにかく顔さえ出しておけば単位がもらえる。だが、それ以外の救済措置は一切ないと聞いたことがある。

雪路は今日、ちゃんと来るだろうか。落ち着いていられず、携帯に連絡しようかと思っていると、隣に誰かが座った。一瞬期待して振り返ったが、そこにあったのは慣れ親しんだ親友の顔ではなかった。

「宮乃、これ、ノートありがとなー」

高めの大きな声で馴《な》れ馴《な》れしく話しかけてきたのは同じ二年生の飯田《いいだ》だった。学科も同じで、取っている授業が被《かぶ》っているため、よく顔を合わせる。

飯田は茶色い髪の毛をかき上げながら、俺のノートを差し出してへらっと調子よく笑っていた。昨日貸したはずのノートだが、心なしかくたびれて汚れている。俺は波打っている自分のノートを見下ろした。

「ごめん、昨日ちょっと水零《こぼ》しちゃったんだよな」

飯田は悪いというように片手を上げたが、少しも悪びれた様子はなく、軽い調子で言う。人から借りたものを雑に扱うな、と言ってやりたかったが、俺にそんな軽口が叩けるはずもない。まあ、わざとやったわけではないのだろうし、幸い中身は影響を受けていない。俺は自分をそう納得させながら、曖昧《あいまい》に苦笑いだけ返した。

「ところでさあ、宮乃」

飯田は猫なで声を出しながら椅子を寄せてきた。顔に張り付けた笑みは気味が悪く、嫌な予感しかしない。

「これ、買わない？　可愛いコいっぱい来んだけど」

案の定、出したのは何かのチケットだった。俺はちらりと見てすぐに視線を逸らした。見なくても、どうせまたイベントのチケットだろう。

飯田は大学を跨《また》いだイベントサークルに入っていて、しょっちゅうチケットを買ってくれと話を持ちかけてくる。イベントと言っても、大抵は夜遊び系のクラブイベントで、チケットはパーティーチケットだ。俺はそういう大勢の人間が無意味に集まっている場所は苦手だし、大体クラブだなんて行ったこともない。

「だから俺、そういうのあんまり興味ないって」

「そんなこと言わずにさあ。今回どうも捌《さば》けが悪いんだよ。代表の人が厳しいし、ノルマ捌かないと店も借りられねーんだよ」

そんなことを俺に言われても困るのだが、飯田とはよく顔を合わせるし、俺は物事をきっぱりと断るのが苦手だ。飯田はそれをよくわかっていて、こうして何かと俺に頼みごとをしてくる。チケットのことだけではなく、これまでもノートはしょっちゅう貸しているし、合コンの人数合わせなどにもよく声をかけられる。しつこく頼まれ断りきれず、出席したことは何度かあった。

だからといって、クラブイベントなど絶対に無理だ。

「……悪いけど」

飯田はなかなか頷かない俺に苛《いら》ついたのか、途端に表情を険しくした。

「なんだよ、なんか用事でもあんのか？」

「そういうわけじゃないけど、そういうの苦手だし……」

「気が乗らないんだったらチケット買ってくれるだけでいいからさ」

それは金をくれと言っているのと同じじゃないか。あまりに理不尽な要求に呆れてしまう。

「とにかく、他当たってくれよ」

「……んだよ、ケチくせー奴だな。どうせ女もいねーし暇してんだろ？」

さっきまで甘ったるい声で機嫌をとってきていたのに、飯田は豹変《ひょうへん》した。さすがにカチンときて飯田を睨《にら》んだときだった。

「俺と約束してんだ」

聞き慣れた声が頭上から聞こえた。驚いて振り返ると、背後にいたのは雪路だ。伸び放題の真っ黒い癖毛に顔を半分覆われ、覗いた片目で鋭く飯田を見下ろしている。

「雪路！」

「おお」

軽く返事をしながらも、雪路の視線は飯田から離れない。すごむように見られて、飯田は思わず腰を引いた。

「お、おお、須川久しぶりだな」

「その日は俺と約束がある。だから晴生は行けない」

雪路は低い声で淡々と言った。怒鳴っているわけでもないのに妙な威圧感があって、飯田が怯《ひる》むのがわかった。

「そうなのか？」

飯田に尋ねられ、俺はとりあえず頷いた。もちろんそんな約束はしていないが。

「嫌がってる奴を無理に誘うな」

雪路に言われ、飯田は露骨に目を尖らせた。

「んだよ、俺はただ、こいつにも出会いがあればいいなと思って」

「余計なお世話だ」

飯田はぐっと押し黙り、これ以上は言っても無駄だと悟ったのか、渋々席を立ち上がった。

「あと、晴生はおまえのためにノート取ってんじゃねーぞ」

波打った俺のノートをとん、と指で叩きながら、飯田の背中に言い放つ。

飯田はちらと振り返り、不満げに雪路を睨んだ。だが何も言わず、小さく舌を打ちながら俺の隣から離れていく。

俺はホッとして、隣に座った雪路を見た。

「ありがと」

「おまえ、ちゃんと断れ」

「断ったんだよ、けどしつこくて」

「他のこともだ。おまえが甘い顔するから、ああいう奴はつけ込んでくるんだぞ」

「……うん、ごめん」

「俺に謝ってどうすんだ」

「うん」

自分の気が弱いところは昔から好きじゃない。さっきのような場面を雪路に見られていたと思うと、情けないような居たたまれない気持ちになってしまう。

雪路は椅子にどっかりと背中を預け、大きな欠伸をしている。今日も寝不足のようだ。

「そうだ晴生」

もう少しで始業のチャイムが鳴るというとき、雪路が思い出したように言った。

「今度の日曜、予定通りでいいか」

「うん、大丈夫」

次の日曜は久しぶりに雪路と約束している。雪路と昼間に出かけることを思うと楽しみで、俺は笑顔で頷いた。

「今日は、バイト大丈夫だったのか?」

「ああ、さっき上がったばっかり」

一コマ目が始まる時間まで働いていたらしい。どうりで、眠そうなわけだ。

けれど、どんなに眠そうでも、俺は雪路が隣にいることが嬉しかった。

バイトに疲れて発泡酒を呷っている姿ばかり見ていると、たまに雪路が遠くに行ってしまったように感じることがある。

だが、こうして講義室で見る雪路は学生だ。どこにでもいる、ただの二十歳の男だ。俺と雪路の世界は変わらない。俺たちはちゃんと、同じ世界に住んでいる。


なかなか梅雨明けが発表されない中、今日は昨日の雨がどこへやらの晴天だ。

待ち合わせの遊園地に着いたのは俺が一番乗りだった。五分後にやってきた雪路は、五年生になった妹と、まだ一年生になったばかりの小さな弟の手をしっかり引いていた。

無精髭も綺麗に剃《そ》った雪路の顔は、いつものやさぐれた雰囲気がなく、どこから見ても爽やかな大学生だ。元々彫りが深く整った顔立ちの雪路は、髪の毛や顔を清潔にしさえすれば、ちょっと目を引くくらいの二枚目なのだ。今日は表情もいつもより心なしか柔らかく、誰に自慢するでもないが、俺は勝手に誇らしかった。

「久しぶりだな、元気だったか？　お兄ちゃんのこと忘れてないか？」

二人にそう声をかけると、弟の准《じゅん》はすぐに「晴生くん」と名前を言ったが、姉の美香《みか》の方は少し恥ずかしいのかもじもじと俯いてしまった。

「美香、照れてんだよ」

雪路がそう言って、な？　と繋《つな》いだ手を引いた。美香は恥ずかしそうに雪路の手を離し、「違うもん」と口唇を尖らせた。

雪路の弟妹とは、春に会って以来だ。前回は桜の時期、四人で弁当を買ってお花見をした。その前はまだ寒い季節、海辺にある大型の商業施設に遊びに行った。

雪路が弟妹を預けている親戚の家は、俺たちの住む町からは電車で二時間弱かかる県外にあり、学校とバイトの両立で忙しい雪路が頻繁に会える距離ではない。その分、雪路は月に一度はこうして、彼らと遊んでやっていた。

俺は当初、家族水入らずの方がいいのではと遠慮していたのだが、雪路に、おまえがいる方が喜ぶと強く誘われ、こうして何度か逢瀬《おうせ》に加わっている。

「ねえお兄ちゃん、あれ乗ろうよ、あのぐるっと一回転するヤツ」

入って早々、美香は大きなループやカーブが連なった絶叫マシンを指して言った。今しも、頭上を轟音《ごうおん》と悲鳴を上げながら猛スピードで走り抜けたジェットコースターを見上げて、雪路がごくりと息を飲んだ。

「おまえ、もっと大人しいヤツのがいいんじゃないか？」

「あれがいい、絶対にあれに乗る！」

雪路の怯えた声音を物ともせず、美香は強く言い張っている。雪路は困り果て、縋《すが》るように俺を見た。情けない顔に、俺はにやけてしまうのを我慢できない。雪路はああいう乗り物が全くダメなのだ。

「美香、晴生と一緒に乗って来いよ、な？　ほら、准と」

「お兄ちゃんは？」

「兄ちゃんあっちのベンチに座って見ててやるから……晴生、なんだおまえ笑ってんなよ」

にやついている俺に、とうとう雪路がむっと眉を寄せる。俺は笑いながら頷いて、准と美香を促した。

「よし、それじゃ俺と乗ってこよう。怖いぞー、泣くなよ？」

手を引いて歩きながら、ベンチに座って手を振っている雪路を振り向いた。ジェットコースターに乗れないなんて、見かけに寄らない奴だ。遊園地へ一緒に行かないかと誘われたとき、雪路は絶叫マシンに乗れないと言い難《にく》そうに打ち明けてくれた。あのときの苦々しい顔を思い出し、雪路には申し訳ないが、密《ひそ》かに思い出し笑いしてしまった。

俺はこうして美香と准に会うとき、いつもとは違う雪路を見られることが楽しくてならない。さっきの情けない顔もそうだが、何より弟妹と一緒にいる雪路は、何とも言えない優しい顔をする。どちらかと言うとクールで、あまり表情を変えない雪路だが、本当はこんなに柔らかな顔を持っているのだ。肉親にしか見せないその顔を、こうして俺にも見せてくれることが、嬉しかった。

その後も美香は、フリーフォールやウォータースライダーなど、あらゆる絶叫マシンに乗りまくった。俺も付き合って一緒に乗っていたのだが、最後にはずっと逃げていた雪路も断り切れなくなった。とうとう、小さな球体の中に固定され、ぐるぐる回転しながら凄い速度で移動するという、恐ろしいような気分が悪くなるような乗り物に乗せられ、誰よりも大声で叫んでいた。降りた後は青い顔をして動けなくなってしまい、さすがに気の毒になってしまった。

昼を随分過ぎ、疲れ果ててしまった俺と雪路は、まだ遊び足りない様子の美香と准を目の前のメリーゴーランドに行かせてから、日陰のテーブルに腰を下ろした。

「疲れた、さすがに……」

さっきの乗り物の後遺症か、雪路はぐったりと唸ってテーブルに突っ伏している。俺がコーラを買ってきて渡してやると、雪路はサンキュ、と呟いて汗を掻いた冷たいカップを頬に当てた。

メリーゴーランドでは美香と准が通りすぎ、こちらに向かって手を振ってくる。俺と雪路は笑顔で手を振り返した。

「美香と准、いつもより数割増しにはしゃいでる気がする。よかったな、奮発して連れてきて」

「ああ。俺、これくらいしかしてやれないからな」

くるくる回るファンタジックなメリーゴーランドを眺めながら、雪路がぽつりと呟く。

こういうとき、俺はいつも同じ言葉を思い浮かべる。言っていいかどうかと迷い、結局口にできない。

――一緒に暮らさないか？

同居のことは随分前から考えていた。一人で暮らすより、二人で暮らした方が経済的に楽だからだ。その他にも、食事などの生活のことや、レポートや学校のことなど、俺が一緒にいれば何かと助けてやれるかもしれない。

だが、以前一度口に出したとき、雪路はいい顔をしなかった。生活が不規則だから、などと困ったように言い、曖昧に断ったのだ。

俺は、雪路の迷惑そうにも見える態度に、ひどくショックを受けた。生活が不規則だから一緒に暮らそうと言っているのだから、それは理由にならない。納得のいく理由もなく曖昧にされたことに傷ついて、俺はそれから同居の話ができないでいた。

だが、最近の雪路の生活を見るにつけ、やはりこのままにしてはおけないと思ってしまう。諸々《もろもろ》の事情を背負って闇雲《やみくも》にバイトをしている雪路に、それを減らせとは言えない。だから、せめて同居したらどうかという考えは、俺の中から消えなかった。

確かに、俺にできることなどは微々たるものだし、他人に安易に口出しされたくないのかもしれない。

それでも、雪路のために何かしたいと思うのは、迷惑なことなのだろうか。

遠くから美香と准が走ってこっちに向かってきた。

「おい、もう疲れただろ？　満足しただろ？」

子供に向かってオヤジくさいセリフを吐く雪路を見ながら、俺は結局口にできなかった言葉を、喉の奥でぎゅっと押し潰《つぶ》した。


夕方になると繁華街まで出て、美香が入りたいと言ったこぢんまりとしたカントリー風の洋食屋で食事をした。

いかにも女の子が好きそうな外観通り、店内には女性客とカップルしかいなかった。子供は一人もおらず、静かで落ち着いている。

写真がなく、文字だけで書かれている細長いメニューを前に、美香と准は気後れしているのか大人しかった。美香が気に入ったとはいえ、もう少し子供向けの店にした方がよかったかもしれない。

「すみません」

雪路が突然、店中に響き渡るくらいの大声で店員を呼んだ。美香と准がびくりと肩を震わせる。ついでに俺も小さく跳ねた。

「子供が食べやすそうなのってどれですか」

やってきた女性店員に、雪路が尋ねた。店員がハンバーグやオムライス、パスタやシチューと言ったわかり易いセットメニューを指して丁寧に説明してくれる。

「だって。何がいい？」

雪路が二人に聞いた。

「……ハンバーグ」

美香が小さな声でいい、続いて准が「僕も」と答える。

「じゃ、それで。おまえ何にする」

問われて、俺も背筋を伸ばした。

「俺も二人と一緒」

雪路が笑った。

「じゃあ、同じの四つください。あと、デザートのこれ、アイスでしょ？　これ四つ、最後に」

その言葉を聞いて、美香と准は微《かす》かに頬を上気させる。店員が去ると、美香は強張っていた顔をやっと緩めた。

「アイス食べていいの？」

「いいぜ、今日は特別な」

雪路が答える。俺は自然と笑顔になりながら、二人のやり取りを眺めた。

ハンバーグは俺と雪路には少し物足りないサイズだったが、美香と准には十分だったようだ。何より、食に疎《うと》い俺でもはっきりわかるくらいジューシーで美味しかったのだ。美香がお姉ちゃんらしく、途中で准の口元に盛大についたソースを拭ってやり、「ゆっくり食べるんだよ」などと言うのが可愛らしかった。

食事が終わると、デザートが運ばれてきた。大きめのプレートの上には、バニラとチョコとストロベリーの三色のアイスが重なり、チョコレートソースがかかっていた。三角形のクッキーとミントが添えられ、周りには赤いソースでドット模様が描かれている。華やかな盛り付けに、美香と准は一気に瞳を輝かせ、雪路を見上げた。

ちょうどその頃、隣の席に女性の三人組が入ってきた。派手な格好をした二十代くらいの女性たちの声で、静かだった店内は一気に騒がしくなる。美香と准は隣の机が気になるようで、ちらちらと見ていた。

かちゃんと音がして顔を上げると、准がスプーンを落としてしまっていた。一瞬、隣のテーブルの視線がこちらに集まった。俺が通路に転がっているスプーンを拾い、雪路が店員を呼ぶ。

「かっこいい」

隣のテーブルから、はっきりとそう言うのが聞こえた。

「ワイルドすぎない？」

雪路のことを言っているとすぐにわかったが、俺は素知らぬ顔で椅子に座り直した。

「子連れだよ」

「兄妹かな」

悪口ではないにしても、あまり噂《うわさ》されると居心地が悪い。准も美香も、彼女たちの笑い声や視線を気にしているようで、少し硬くなっていた。

「ほら」

不意に、雪路が自分のアイスに突き刺さっているクッキーを准の皿に置いた。

准の頬が一気に綻《ほころ》ぶ。

「じゃあ、俺のは美香ちゃんにあげる」

俺も慌てて自分のクッキーを美香の皿に置いた。

新しいスプーンがやってきて、准が再び少し溶け始めたアイスを食べ始める。

「うまいか？」

二人が声に出さずに頷くのを見て、雪路は満足そうに目を細めた。

「そっか」

雪路は、隣のテーブルも、自分が噂されていることも、少しも気にしていなかった。子供がいない大人びた店の雰囲気も、全く気にしていない。ただ、優しい目で美香と准がアイスを頬張るのを眺めていた。

きっと、雪路のこんな顔は、この弟妹に対してしか向けられないものなんだと思う。

俺には兄弟がいないから、雪路のそういう気持ちにあまり実感が持てない。ましてや両親がおらず、十歳近く歳が離れている唯一の家族に対する愛情が、どのくらいのものなのか、見当もつかない。

だが、側にいれば、雪路の気持ちは痛いほどによく見える。

俺は何故か、ほんの少しだけ、美香と准を羨《うらや》ましいなどと思ってしまった。

食事が終わってから、地下鉄とＪＲを乗り継いで、親戚の家まで二人を送って行った。

おかえり、と笑顔で二人を出迎えてくれたのは、雪路の叔母《おば》に当たる女性だ。おっとりとした笑顔と、ふくよかな体格の、いつ見ても優しそうな雰囲気のある人だ。

「雪ちゃん、痩せたんじゃないの？」

雪路の顔を見て心配そうに尋ねる。

「いえ、変わってないです」

「そう？」

「はい」

幼い弟妹は、叔母さんの横に立って、じっと雪路を見上げている。今にも泣き出しそうに

潤んだ目を見開き、口唇を引き結んでいる二人の顔を見ていると、こっちの方が泣きそうになってしまう。

「それじゃあ、よろしくお願いします」

上がっていけと引き止められるのを断って、雪路は深々と頭を下げた。俺は雪路の少し後ろでそれを眺めながら、ぐっと奥歯を噛《か》んでいた。

沈む気分を何とか浮上させるために、駅までは取り留めのないことを絶えず話しながら歩いた。二人になると、雪路は途端にいつもの無表情に戻ってしまい、さっきのような柔らかな顔は滅多に見せてくれない。それでも俺は、たった今別れた泣き出しそうな幼い表情を思い出すのが嫌で、一方的に話をした。

電車に乗って、扉の前に並んで立ったとき、雪路がぼそりと呟いた。

「ほんとに、あの人たちよくしてくれるんだ」

「あそこの、叔母さんたち?」

「そう。あそこんちにも一人女の子いるんだけど、もう高校生だからさ。その娘もいろいろ面倒見てくれてるみたいでな」

「よかったな、優しい人たちで」

雪路は頷いて、窓の外をぼんやりと眺めている。

「俺、何やってんだろうな……」

思い詰めたような声に、ふと不安になって雪路の顔を凝視した。

「皆優しい。あいつらだって、寂しくたって我慢してる。……なのに、俺は何やってんだろう」

雪路は、自分を責めるように呟いた。

おまえは一生懸命やっている。なのに、そんなこと言うなよ。

そう言いたかったが、言えなかった。雪路が、自分で自分に、納得していないのだ。

このままでは雪路が、俺の手の届かない遠くに行ってしまう。何故かそんな不安に襲われて、俺は焦った。

「なあ、雪路」

俺はごくりと唾を飲み込んだ。

今なら言える気がした。今なら、頷いてくれるかもしれない。

「……あのさ、無理にとは言わないんだけど……やっぱり、一緒に暮らさない？」

口にした後で、心臓の鼓動が急に速くなった。

雪路はやはり、すぐに返事をしなかった。

無言が怖くて、俺は必死に言葉を継いだ。

「俺のアパートに一緒に住めば、生活とかちょっとはラクになるじゃん？　そりゃ二人で暮らすには狭いけど、でも今の半分になると思ったら、かなり違うんじゃないか？」

雪路は黙ったままだ。俺は握った手にびっしょりと汗を掻いていた。友達に同居の話をするだけなのに、まるでプロポーズでもしているみたいだ。

「だって、卒業するまで二年はあるんだぞ？　おまえが一緒に暮らしてくれたら俺だって助かるし、他人と暮らすの面倒くさいって思ってるかもしれないけど、俺別に、おまえの生活には干渉しないし、邪魔とかしないように気をつけるし……」

「バカ、そんなこと思ってない」

「じゃあ、同居……」

「考えさせてくれよ」

雪路はやはり暗い顔をしてそう言った。

胸に、何か重い物が圧《の》し掛かってきたようなショックを受ける。

「……なんで？」

何故ダメなのか、理由がわからなかった。

はっきりと言ってくれれば俺だって納得する。なのに、以前話したときも、曖昧なまま話をはぐらかされた。俺は真剣なのに、その気持ちは中途半端に投げ出されてしまう。

「……おまえって、一人が好きだよな。だから、俺と暮らすのが嫌なのは、一人暮らしの方が気楽だからかなって思ってた。けど、もしかしてそうじゃないのか……？」

俺は、雪路を自分の親友だと思っている。俺にとって今、一番近い人間は雪路だし、雪路にとってもそれは同じだろうと思っていた。

けれど、それは思い上がりだったのかもしれない。

俺にとって雪路は一番でも、雪路にとって俺はただの他人で、雪路の背負っているものを、少しでも分けてもらえるような相手ではないのかもしれない。

そう思うと、悲しさが胸に溢《あふ》れてきた。

沈黙は随分長く重かったが、俺はもう、何かを言えるような気分ではなくなっていた。窓の外を次々と通り過ぎる暗い街を、ただぼんやりと眺めることしかできない。

ガタンゴトンと電車は揺れる。もうすぐ到着する駅の名を、車掌が独特の節をつけてアナウンスした。

「……美香が」

しばらくして、雪路がやっと口を開いた。

「美香がさ、おまえのことかなり好きみたいでさ。今日大人しかったけど、ホントはすげー嬉しかったんだぜ。おまえがいないときは、晴生くん晴生くんってうるせーんだ」

そうか。それで何度も呼ばれたわけか。

俺が一緒にいさせてもらえる理由は、それだけなのだろうか。落ち込むところじゃないのに、何故か複雑な気分になってしまう。

「俺、最初におまえに美香と准を会わせたとき、ほんとは迷惑かもしれないって思ったんだ。ガキの相手なんて、誰だって面倒くせーだろ。休み一日潰れるしな。だけど、俺はどうしても会って欲しかった。俺は、あいつらのことがすげー可愛い。だから、おまえにはどうしても、俺の妹と弟に、会って欲しかったんだ」

雪路はぽつぽつと話した。

そんなことを言われたのは初めてだ。俺は内心驚いていて、どんな顔をしていいかわからなかった。

「そしたらおまえ、少しも嫌な顔しないで、たぶん本当は面倒くさかったと思うけど、でも俺にはおまえは凄く、あったかく感じたよ。俺、すげー嬉しかった。おまえ、優しいヤツだと思う。おまえのそういう優しさ……凄いって思う」

そんなこと。

俺は何もしていなかった。頼まれるまま会って遊んでいるだけで、優しいと言われるようなことは一切していない。

俺は口唇を噛んで、顔を隠すように俯いた。きっとこのまま、当分顔を上げられない。

雪路はずるい。

いきなりそんなことを言うなんて反則だ。普段は何も言わないし、黙っているだけで欲しい言葉など何一つくれない。それなのに、こんなときに限って、照れながら突然直球を投げつけてくる。お陰で俺は、泣きそうなほど嬉しくて、これ以上は同居の話ができそうになかった。

「……めんどくさいなんて思ったこと、一回もないし」

俺は結局、それだけ言うのが、精一杯だった。

＊

あの日も、梅雨明けを待つ七月だった。

俺は、大学に入って何度目かの合コンに誘われて出席していた。俺は元々合コンなどというものは苦手だし、男も女も関係なく、知らない人間と積極的に話ができる性分ではない。当然盛り上げることもできないし、アルコールが得意なわけでもない。ただ人数合わせで誘われて、断りきれずについてきただけの穴埋め要員だ。

そのときは、男女合わせて十人以上のメンバーが飲み屋の二階の座敷で顔をつき合わせていた。飲み始めて三十分も経たないうちに、俺はその場のノリにうんざりし、帰る時間を計り始めていた。元々存在感もないし、途中で席を立っても、誰にも咎《とが》められることはないだろう。かといって、少しは飲み食いしないと参加費がもったいない。

はぁ、とため息を吐いたとき、隣で同じように息を吐く音が聞こえた。思わず横を見ると、隣も同じタイミングでこちらを見た。

彫りの深い顔立ちに鋭い目つきをした男は、須川という同じクラスの男だった。話したことはないが、名前は知っている。どこか暗い面差しをしたイケメンは、独特な存在感を放っていて、周りから若干浮いていた。いつも一人でいるし、誰かと打ち解けて話しているところなど見たことがない。

そんな男がこの席にいることを、俺は少し意外に思った。そんな気持ちがあったからか、俺は不躾《ぶしつけ》なまでに、隣の男の顔をじろじろ眺めていたらしい。

「なに？」

問われて、俺は自分が失礼な態度を取っていることにようやく気付いた。

「あ、ごめん。こういうとこ、須川も来るんだなと思って」

「どうしてもって、頼まれたから」

「あ、俺も」

あまり気乗りしてない様子に、俺は仲間ができたような親近感を覚えていた。雪路の方でも、同じタイミングでため息を吐いていた俺に、少し気を許してくれたのかもしれない。

「これ、いつになれば帰っていいんだ？」

頭の後ろをぼりぼり掻きながら、真面目な顔で俺に聞いてくる。

俺はそんな初心者じみたことを聞いてくる男を、更に意外に思った。こんなにモテそうな顔をしているのに、俺と同じことを考えている上に、帰るタイミングを窺《うかが》っている。この空気に馴染めていないのが自分だけじゃないとわかって、俺はかなり嬉しかった。

「タダ酒飲めるならと思って来たけど、やっぱ俺合わないわ」

盛り上がっているテーブルを横目で見て、雪路がぼそりと零す。

「え、タダ??」

俺はきっちり参加費三千円を払っている。俺の反応に、雪路はまずい、という顔をした。

「あ、言っちゃダメだったな、これ」

聞けば、雪路が来れば女の子の食いつきがいいという理由で、タダにするから来てくれと頼まれたと言う。

「俺らは払ってるから、他の奴には言わない方がいいよ」

雪路は小さい声でごめん、と言った。

整っているだけでなく、少しきつく見える風貌に、他人を寄せ付けないオーラを持っていた須川雪路は、思っていた以上に正直で、不器用な男らしい。

俺は周りを見回した。女子たちの笑い声と、男たちが騒ぐ声。盛り上がる声は徐々に大きくなり、店の他の客が迷惑そうにこのテーブルを見ていた。

「一緒に、抜ける?」

俺は雪路に、そう誘いかけていた。これまでほとんど話したこともないし、よく知らない相手だ。なのに、何故突然そんな大胆なことが言えたのか、後になって考えてもわからない。多少は酒が入っていたせいもあるかもしれないし、騒々しすぎる雰囲気に飲まれていたのかもしれない。近寄りがたいと思っていた、初めて話す二枚目が、意外にも悪い奴じゃないと知って、嬉しかったせいかもしれない。

「おまえはいいのか？」

「うん。俺も、いつ帰ろうかって思ってたとこだし」

雪路が俺をマジマジと見て、少し表情を緩めた。

「じゃあ、抜けよう」

そして、その店を一緒に抜け出したのだ。

正確には一緒にではなく、時間差でだ。俺に注目している奴はいなくても、雪路の動向には女子の視線が幾つか注がれている。帰り支度などすればすぐに誰かがついてきそうな雰囲気だった。幸い雪路はそのとき、バイトの帰りということで手ぶらだった。座敷からは少し離れていたトイレに向かうふりで、そのまま一階に降りていく。さりげなさに感心しながらも、俺はこっそり荷物を持った。雪路と同じように素知らぬ顔で座敷を降りたが、たったそれだけのことでやけにドキドキしてしまい、自分の小心者ぶりに呆れてしまった。それでも何とか、誰にも声をかけられず外に出ると、雪路は店の横に立ってちゃんと俺を待っていてくれた。

何故か、悪事をしでかした共犯者のような気持ちになり、雪路に笑いかける。笑い返してくれた雪路の顔もどこか楽しそうで、俺のテンションは一気に上がった。

使う路線が一緒だというので、地下鉄の駅まで隣り合って歩いた。

「ちゃんと飯食ったか？」

雪路に聞かれ、俺は腹を押さえた。

「そういえば、あんまり食ってない。なんかああいう場って緊張して、あんまり食べる気にならないっていうか」

「緊張？」

「うん、俺あんまり人が大勢いるのって、得意じゃない」

するりと本音が漏れる。人見知りとか、引っ込み思案とか、大声で言って格好いいものじゃない。あまり自分から言いたくなかったのに、自然と口にしていた。

「須川はあんまり、合コンとか行かないのか？」

「ああ、無駄だしな」

「無駄？」

「楽しけりゃまだいいけど、楽しくないからな。どうせ金払うなら、無駄に騒いでるより、思う存分食って飲みたい」

「あ、俺も、俺もそう思う！」

俺はいつのまにか声を張って答えていた。

大学に入ってから三か月経ったが、俺は気の合う友人というのを見つけられないでいた。学校に慣れるのも時間がかかったけれど、人に慣れるのはもっと時間がかかる。遊ぶために学校に行っているわけじゃないことはわかっているが、それでも毎日通う場所だ。気の合う仲間がいれば、きっと今よりは楽しい日々を送れるだろう。

だが実際は、俺は周りのノリに打ち解けることができないでいた。学校の連中は、いかに仲間が多いか、いかにうまく遊んでいるか、そのことばかりを重視しているような気がした。周りの軽い空気に馴染めず、適当に愛想笑いばかり返していると、自分が心底一人だという気がしてくる。本音を話す相手はおらず、喉の奥に溜《た》まっていく自分の言葉で、俺は窒息しそうになっていた。

だからといって、積極的に一人にもなれなかった。つまらないと言いつつも、誘われた飲み会に参加してしまうのは、結局のところ、気の置けない友人というものが欲しかったからだ。

そんな俺の目に、誰にも媚《こ》びを売らず、常に一人でマイペースを保っていた須川雪路は、とても輝いて見えていた。

その雪路が、俺と同じことを考えていた。

俺はたったそれだけで、強い味方を得たような気がしていた。そして、雪路を改めて格好いい男だと思った。

手を挙げんばかりの勢いの俺に、雪路は薄い口唇を綻ばせた。

「じゃあ、腹減ったんじゃないか？」

「あ、うん。なんか緊張が解けたら突然減った」

「うち来る？　なんか買って」

「え、行く！」

友人宅で家飲みという響きに密かに憧れていた俺は、ひどくはしゃいだ。

連れて行かれた雪路の住む家は、今時こんなアパートがあったのかと感心するほどの年代物の木造二階建てだった。

「ボロいだろ」

そんなことない、とはさすがに言えない。

本当に、潰れないのが不思議になるオンボロ具合だ。

「ゆっくり上がってくれ。うるさくすると下に住んでる爺《じい》さんが怒鳴るんだよ、オメーの怒鳴り声のがよっぽどうるせーってのに」

一段上がる度にゆらゆら揺れ、ギィギィと音を立てる錆《さ》びた鉄製の階段を慎重に上りながら、雪路はぶつくさと文句を言った。手にはコンビニで買ってきた発泡酒や酎《ちゅう》ハイに、つまみ類を提げている。

中は驚くほど殺風景だった。ささくれた畳に、小さいテレビと、テーブルだけ。家具がほとんどないから、狭い部屋がやたらと広く感じた。

「なんか、何もないね」

「他に何がいる？」

改めて問われると、頭を捻《ひね》ってしまう。自分の部屋に何があるかを考え直してしまった。

俺は大学に入ってから初めて上がる他人の家にワクワクしながら、小さいキッチンスペースや黄ばんだ押入の襖《ふすま》や、建て付けの悪そうな窓を見渡した。

「まさかトイレと風呂共同とか？」

「一応両方ある。けど、こないだからお湯が出ないんだよな。今が冬じゃなくてよかったぜ」

ということは、毎日水浴びをしているのだろうか。

タフだ……と俺は変なところに感心してしまった。

テーブルに酒とつまみを並べて、二人で乾杯した。改めて向かい合うと、昨日まで話したこともなかった男と差し向かいでいるということに、気恥ずかしい気持ちがしてくる。

「俺、こういうの憧れてた。家飲みとか」

買ってきた焼きそばを頬張りながら俺は言った。楽しくて、少し浮かれていた。

「俺も、初めてだな」

「何が？」

「ここに、誰か連れてくるの」

「え⁉　彼女とかは？」

「いない」

「モテるのに？」

雪路は首を捻って、考える素振りをした。

「今はあんま興味ない」

こんなに整った外見をしている奴が、女の子にモテることに興味がないと言う。

「すごいなー」

「何が」

「興味ないなんてはっきり言った奴、初めて見た」

「んなことないだろ」

「だって女子のこと気にしない奴はおかしいみたいな感じの奴が、多くない？　うちの学校」

「おまえはどうなの」

雪路が俺をまっすぐ見て聞いた。

「周りの奴じゃなくて、おまえ」

面と向かってはっきり問われると、俺は途端に口ごもってしまう。

「俺は、ええと」

「合コン面倒くさいって言ってただろ」

「うん、俺苦手だから、ああいうの」

「彼女欲しくないのか？」

「彼女……」

というよりも、俺は正直、友達が欲しかったのだ。

だが、友達が欲しいなどと正直に口にするのは、彼女が欲しいと言うよりも何倍も恥ずかしいことのように感じられた。

「彼女、は、今はいらない」

だから結局、無難に答えた。

俺は雪路の顔をちらりと上目使いに見た。雪路はひょいと眉を上げて、「じゃあ、俺と一緒じゃん」と何気ない口調で言う。俺は何故か、ホッと身体の力を抜いた。

だが、雪路に彼女がいないというのはやはり意外だった。誰も呼んだことがないという家に、初めて呼んだのが成り行きでついてきてしまった俺で、本当によかったのだろうか。

「さっき、つまんなすぎて帰りたいってばっか思ってたら、隣からため息聞こえたから、タイミング良すぎて驚いた」

雪路は少しだけ笑った。

「気が合う奴がいて、よかった」

俺で、よかったらしい。

俺は嬉しくて、へへ、と笑った。

「俺も、そう思った」

合コンはつまらなかったけれど、行ってよかったかもしれない。こんな風に自然に笑える相手ができたのだから。

照れ隠しに部屋の中を見回していると、壁際に貼ってある写真に気付いた。小学生くらいの女の子と、それよりももっと小さな男の子が並んで写っている。

「これって」

「妹と、弟」

俺は写真をマジマジと眺めた。妹の方は雪路に似て、きりっとした美人だった。幼くても、これからもっと綺麗になるだろうと確信できる。弟の方は雪路より優しげな、まん丸い顔をしていた。明らかなのは、どちらもとびきり可愛いということだ。

「かわいーだろ」

雪路は口元を綻ばせている。

「俺の、宝物」

目を細め、雪路はぽつりと呟いた。

俺は何故か、雪路の横顔から目が離せないでいた。写真を見る愛《いと》おしそうな優しい瞳の中に、どこか途方もない寂しさのようなものが潜んでいる。そんな気がして、「兄バカ」と、茶化そうと思っていた俺は、ただ黙って口を閉じていることしかできなかった。

雪路と初めて話して飲んだ日から一か月後の夏、俺は雪路に両親がいないことを知った。母親を亡くしたばかりで、肉親は妹と弟だけだということ。その二人を親戚に預けていて、一緒に暮らせないことをひどく気に病んでいるということ。

その日は、雪路のバイトが終わってから、雪路のアパートで一緒に少し遅い晩ご飯を食べていた。コンビニの弁当と、カップラーメンというメニューだ。

頻繁に会うようになっていた俺たちは、お互いの家をしょっちゅう行き来していた。

「なあ、バイトばっかりしてるけど、もしかして仕送りとかないのか？」

その頃から既に授業を休みがちで、バイトばかりしていた雪路に、俺は気になっていた疑問をぶつけてしまった。

プライベートなことだから聞いていいのかどうか迷ったが、あまりに生活サイクルが周りとかけ離れている雪路のことが気になって仕方がなかったのだ。

「俺、親いないんだ」

雪路がさらりと口にしたとき、俺は自分の心臓がドンッと激しい音を立てたのを聞いた。

「母親が一人で育ててくれてたんだけど、春に病気で死んだ。だから、自分のことは自分でやってる」

淡々と口にする雪路に、俺は言葉が出なかった。

つらいことを口に出させてしまってごめん、か、それとも聞いてしまってごめん、なのか。そもそも謝るのは、雪路の気持ちを勝手に決めつけているようで、どこか違う気がする。かと言って、「大変だな」などと、大変さをわかりもしない自分が口にしてはいけない気がした。

だから何も言えなかった。

そして俺は、何も言えない自分を、情けないと思った。

自分から雪路のプライベートを触っておいて、出てきた予想外の答えに狼狽《うろた》え、探ったこと自体を後悔しそうになっている。

「そんな顔すんなよ」

先に喋ったのは雪路の方だった。俺はどんな顔をしていたのだろう。

「ごめんな」

そして、謝った。

「あ、謝んなくていいよ」

俺は泣きたかった。

雪路に謝らせてしまうほど、未熟な自分。これまで一人で頑張っていたことを全く知らないまま、能天気に雪路と付き合ってきた。

俺は箸を持ったまま、視線を俯けた。食べかけの弁当には、俺が最後まで取っておいたゆで卵が、残ったままになっている。

「食わないの」

雪路に問われ、咄嗟《とっさ》に頷いた。

「じゃあくれ」

先に食べ終わっていた雪路は、俺の弁当からゆで卵を摘《つま》んで口に放り込んだ。

最後に食べようと思っていただけで、別にゆで卵を嫌いなわけじゃなかった。けれど、うまそうに食べる雪路を見ていたら、今度から弁当のゆで卵は、全部雪路にやろうなどと、決心してしまった。

＊

数日後、いつものようにバイト先に訪れると、ドアが開いた先には珍しく硅の父親がいた。滅多に会わない彼は、硅と同じように骨ばった顔つきをした、体格のいい男性だ。纏《まと》っているオーラに何となく重厚な匂《にお》いがして、会社での地位が高いというのも頷ける。今日は母親の方もいるらしく、居間に顔を突き合わせて座っている彼らの間には、ひどく硬質な冷たい空気が漂っていた。

その張り詰めた空気に何となく気まずい思いをしながらも簡単に挨拶《あいさつ》をして、俺はそそくさと二階に上がった。家の中は、彼らがいないときよりも更に静まり返り、階段を上る音もいつもより大きく響くように感じられた。

「今日ご両親、いるんだな」

部屋に入って硅に話しかけたが、両親の張りつめた空気のせいか、硅は不機嫌そうに軽く頷くだけだ。

半年間、週三回も通っていれば、嫌でもこの家庭の側面が見えてくる。

両親の仲は最悪で、父親にはたぶん、他に女がいた。帰ってこないのはその女のマンションにいるからで、当然母親はいつもピリピリしている。

そして、二人とも俺に硅の勉強の進み具合や成績のことを聞いてくる気配が少しもなかった。時間を見て俺の方から報告するべきなのだろうが、なにしろいつ来ても両親はおらず、たまにいると思えば自分のことで精一杯といった様子で、始終苛々している。お世辞にも、硅のことに関心があるようには見えなかった。

硅の方も、両親とまともに話している姿は見たことがない。高校生なのだから親と話をしないのも別段変わったことではないのだろうが、もしもこれが硅の幼い頃から続いているのだとしたら、硅が寡黙で表情に乏しいことは、両親に責任がないと言えるのだろうか。

元気のない硅にどう声をかけたらいいものかと迷っていると、不意に目の前にテストが出てきた。

点数を見て、俺は驚いた。

「わ、すごいじゃんっ！」

思わず大声を上げてしまう。

この間の期末テストが返ってきたのだ。硅は照れくさそうにうずうずと口元を綻ばせている。

「なんか、この間作ってくれたテストと同じ問題が結構出た」

「すごいよ絶対、だって俺がここに来始めてからこんな点初めてじゃん？　おまえすっごい頑張ったじゃん」

俺が家庭教師を始めた頃、硅の点数はほとんど全てが赤点だった。あまりに点数が悪く、母親が教師に呼び出されたというのだ。それで母親は家庭教師を募集したらしい。

だが今回は、その頃の三倍を越えた点数が取れている。これは本当にすごいことだ。

「ハルオセンセの問題が、よかったからだ」

「何言ってんだ、これは硅の力だよ。硅が頑張ったからで、俺なんて関係ないよ！」

嬉しくて、どうしてもテンションが上がる。教えれば教える分だけ、硅は伸びる。きっと元々、頭のいい子なのだ。椅子《いす》に座ってこちらを見上げている硅をしげしげと眺めて、子供にするように、頭をよしよしと撫《な》でてやった。

「ああ、嬉しいな。教えた甲斐がある」

硅はふと、困ったような笑っているような、複雑な顔をした。

「……あんたが、喜ぶと思って、頑張ったんだ」

低い呟きに、心臓が妙な感じに跳ねた。

俺は聞こえない振りをして、サッと硅から離れた。硅に背中を向けると、鞄の中から参考書を出す。

「じゃあ早速、間違ってるとこ見直そうか」

振り向けば、硅と目が合う。だから俺は、決して振り向かなかった。

いつものようにベッドに腰を下ろすと、ふと枕元に投げてある写真の束が目に入った。ぎこちない空気をごまかそうと、俺は写真に手を伸ばした。

「なに、これ見ていい？」

「あ、ダメだっ！」

硅は慌てて奪い返そうとしたがもう遅い。

ちらりと目にした写真には、金髪で目つきの悪い、痩せた少年が写っていた。

「え！　誰これ⁉」

「ダメだ、見るなってっ！」

伸びてくる硅の手から逃げてベッドに転がる。もう一度、写真の中にいる少年をよく見た。長めの金髪で顔を半分隠し、切れそうなほど細い眉の下には、銀色に光るものが見える。獣のような鋭い目で、こちら側を射殺すような勢いで睨んでいた。

「これって硅っ⁉」

嫌がってしきりに顔を背けるのに構わず、起き上がって、写真と硅を交互に見てみる。今の硅より若干細くて未熟な感じがするし、身なりも雰囲気もかなり違うが、硅に間違いはない。

俺は写真を一枚捲《めく》ってみた。今度は同じように柄の悪そうな少年が四、五人写っていて、その真ん中に硅がいる。その次は睫毛《まつげ》がバサバサの目の大きい金髪の少女と、べったりくっ付いた写真。その次は、その少女とどう見てもラブホテルで、きっとフレームの外は全裸だろうという格好で、アップで写っていた。もう一枚捲ろうとしたところで、硅に写真を引《ひ》っ手繰《たく》られた。

「見んなよもう……」

硅は情けなさそうな声を出して写真を隠してしまう。俺は写真の強烈さを払拭《ふっしょく》できず、呆気《あっけ》にとられて硅を見上げた。

「おまえ、すっごいやんちゃだったんだな」

「……前のことだ」

硅は、穴があったら入りたいと言わんばかりに片手で顔を覆った。

さっきの写真は確かに硅だった。だが、髪型や服装などの見た目もさることながら、雰囲気が全く違っていた。目つきの悪さは相変わらずなのかもしれないが、今の硅からは未成熟な子供っぽさは薄れている。何より、眉毛をつり上げ、強烈にファインダーを睨んでいた硅よりも、写真を見られて恥ずかしそうにしている今の硅の方が、百倍いい男だった。

共通点と言えば、唯一、片耳のピアスだけだ。ただ、写真の硅は、耳だけではなく眉の下と口唇の下にもピアスを入れていた。

耳のピアスは何とも思わないけれど、眉の下や口唇に穴を開けるのは、痛くないのだろうか。まだ跡があるのだろうかと、俺は硅の顔を間近でマジマジと眺めた。硅がぎょっとして身体を仰《の》け反《ぞ》らせる。

「な、なに？」

「ピアスの跡って」

「そんなのもう消えてるよ」

硅はむすっと顔を背けてしまった。

「なあ、どうしてそういうの、やめたんだ？」

「別に……飽きたから」

ぼそりと呟いて、硅は俺の方を見た。目が合うと、照れくさそうに逸らしてしまう。

「……それ、去年だぜ。高校上がってちょっとしたくらいかな。そのくらいまで中坊んときのツレと遊んでた。家にも帰らなかったし、学校なんかクソどうでもよかったし。けど……」

途中まで言って、うまい言葉が見つからないと言うように、硅は首を捻る。

「別に、奴らと遊んでんのは楽しかった。けど、なんか違う……違う違うって思ってた。何が違うのかはわかんなかった。けど、こいつらと夜中騒いだり、つるんでダラダラしたり、もっと怖い人らに目えつけられて逃げ回ったり……そんなことしてるうちに、ある日いきなり、バカバカしくなった。こんなことして、先に何があんのかなって、ふと思った」

言葉を選びながら、ゆっくりと硅は話した。俺は急《せ》かさないように、硅の言葉をじっと黙って聞いた。

「俺は、学校に行きたいわけじゃなかったけど、こいつらとずっと同じことしてたいわけでもないって気付いたら、奴らと遊ぶのも、ただ固まってつまんねーこと言い合ってるのも、好きでもねえ女とやりまくるのも、なんか突然つまんなくなって……」

何故だろう。一生懸命言葉にして伝えてくれる硅を見ていたら、俺は胸が痛くなった。

「硅……」

そのときだった。階下から、すごい怒鳴り声が聞こえて、俺は思わずドアを見た。

「じゃあもう、あちらで暮らしたらどうですか⁉」

聞いたこともないようなヒステリックな甲高い叫び声。一瞬、誰が怒鳴っているのかわからなかった。

「もう、帰ってこなくて結構です！　あちらで好きにやってらしたらいいじゃないですか！」

だが、二階の硅の部屋まではっきり聞こえてくる声の持ち主は、どう考えても硅の母親の他にはいない。あの綺麗で繊細な雰囲気の母親からこんな罵声《ばせい》が出てくるなんて、すぐには信じられなかった。続いて父親が何かしら喚《わめ》いている声が聞こえてくる。

俺はそろそろと、硅の顔に目を戻した。硅は今まで見たこともないような思い詰めた顔をしていた。恥ずかしそうに俯いて、行き場のない目を彷徨《さまよ》わせている。

俺は思わず、硅の耳を塞いでやりたいような衝動に駆られた。もちろんそんなことはできなかったが、それくらい硅の表情は頼りなかった。大きな身体をした硅が、歳相応の、十六歳の子供に見えた。

硅はきっと、俺にはそんな顔を見られたくなかっただろう。俺はこんな場面に居合わせてしまったことを、申し訳なく思った。

階下の怒鳴り声はしばらく続き、俺たちは無言のままベッドに腰掛けていた。

階下が大人しくなって少し経った頃、やっと硅が口を開いた。

「……びっくりしただろ？　オヤジ滅多に帰ってこねーのに、今日に限って帰ってくんだもんな。たまに帰ってくるとああやって母さんと喧嘩してさあ。……するんならハルオセンセいないときにしろっつーの」

そう言って自嘲《じちょう》気味に笑うと、硅はごそごそと机の引き出しを探り、煙草を取り出した。当たり前のように火をつける慣れた仕草に、内心驚いていた。

さっきの写真を見れば、煙草くらい吸っていてもおかしくはない。だが、俺の前で煙草を吸うのは初めて見た。

俺より三つも歳下《としした》の硅が、慣れた仕草で煙草に火をつける。煙を吐き出す姿はやけに大人びているのに、その表情はやはりどこか寂しそうで、幼い子供が拗ねているようにも見える。ちぐはぐな印象に、大人と子供の間をうろうろしている硅の、不安定さを見るような気がした。

「俺、大学行ったら家出るんだ。そんでもうここには帰らない」

硅がふと言った。

「なんか、やりたいことあんの？」

「やりたいことって言うか」

「……俺」

「うん」

「で……」

「で？」

硅は途中で詰まるように黙った。真剣な顔をしているので、俺は知らず緊張した。

「……電……」

　硅は何度か言いかけて、ちらと俺を見る。すぐに目を逸らし、煙草を灰皿に置くと、観念したように口を開いた。

「電車が、好き、なんだ……」

　恥ずかしそうに言った頬は、ほんのりピンクに染まっている。

「電車？」

「……ダセーだろ」

「いいよ別に、バカにしても、さ」

「ダサくないよ！」

「そんなこと思ってないって」

　責めてもいないのに勝手に責められたような顔をして、硅は視線を俯けた。

「本当は……ガキの頃から、電車が好きで」

　正直意外で、俺はマジマジと硅の顔を眺めてしまった。硅は俺の視線から逃れるように顔を背ける。

「青春十八切符？　っていうの、あるだろ。知ってる？　俺それ買ってみたい。そんで一日中電車に乗って、旅するんだ。一人で、いろんなところに行きたい」

「へえ……」

「大学入ったらバイトして金貯めて、貯まったら旅して、そんで卒業したら、なんでもいいから電車に関わるような、仕事を……」

硅はふと喋るのをやめ、自嘲するように皮肉に笑った。

「……なんて、な。まあ俺なんかそんなの絶対無理と思うし、そんな夢見るだけバカみてえって……」

「そんなことない！」

思わず声を張り上げた俺に、硅が驚いたように顔を上げる。

「そんなこと、ない」

もう一度、硅の顔を見て、言い聞かせるように言う。硅はきまりが悪そうに口唇をぎゅっと引き結んだ。

「大学とか、本当は興味もなかったんだけど……一人になって時間ができたら、もしかして頑張ったら、やりたいことの端っこくらいは、摑《つか》めるような気がしてさ」

硅は照れくさそうに俯いた。煙草は長いまま灰になり、灰皿の上に落ちる。

俺は硅が頑張って点を上げたテストを見た。

強い決意が、胸に湧き上がる。

「硅、大学入ろう。俺も一緒に頑張る。絶対に入ろう」

俺には硅のようにやりたいことも、夢もない。流されるように進学し、大学に入ったからと言って、自分に何ができるのか未だよくわからない。今後のことも、はっきりとは見えなかった。これから見つかればいいなどと、悠長に考えている状態だ。

だから、俺に偉そうなことは言えないし、硅にはっきりと示せる正解も、未来の画《え》も持っていない。

だが、硅がやりたいと思っていることが一つでもあるなら、それがどんなことでも、一緒に頑張ることはできる。

硅の受験までは後一年以上ある。それまで、もし俺がここに通わせてもらえるのならば、硅の受験をサポートしてやりたい。硅の力になりたいと、俺は本気で思った。

「来てくれたのが、あんたでよかった」

硅は視線を上げて、俺の目を見つめた。

「本当は俺、家庭教師とか冗談じゃないって思ってたんだ。適当に誤魔化《ごまか》して、めんどくせー奴だったら追っ払おうと思ってた。けど、あんたが来るようになって、あっという間にそういう気持ちは忘れてた。……あんたじゃなかったら、きっと嫌になってた」

硅が、不意に俺の手を強く摑んだ。驚いたが、逃げる暇はなかった。

「俺、最初はあんたに褒められたいから勉強してたんだ。勉強なんて絶対できないと思ってたのに、あんたが喜ぶと思うと、嫌じゃないんだ、勉強」

「硅……」

摑まれた手が熱い。真っ直ぐで純粋な目に見つめられ、俺はごくりと唾を飲み込んだ。

「……ほんとは、好きって言ったら、もう来てくれなくなるんじゃないかと思ってた……あんた、辞めちゃうんじゃないかって。……よかった、辞めないでくれて」

硅がふっと無邪気な笑顔を向けてくる。俺の心臓はドキンと鳴った。頰に血が上って、俺は焦った。

どうしよう。

どうしたらいい？

このままではいけない。流されてはいけない。

わかっているのに、逃げたいのに、身体が動かず、摑まれた手を振り払うこともできない。

雪路。

俺は無意識に、頭の中で雪路を呼んでいた。

雪路、俺はどうしたらいい？

こんなときに助けを求められても、雪路だって困るだろう。けれど、俺は何故か、頭の中で何度も雪路の名前を呼んでいた。

雪路、俺はひどいことをしているだろうか。硅の気持ちを、このままにしておいて、いいのだろうか。

頭の中の雪路は当然何も答えてはくれず、俺は硅の手の熱さと、聞こえてこない雪路の声の間で、へたり込んでしまいたかった。

定期試験が終わったばかりの講義室はざわついていた。俺の試験はこの五時限目で全て終わりだ。

俺は机に座ったまま精一杯伸びをした。正直、十分な準備ができていたとは言えない。この二週間はバイトを休ませてもらったのだが、だからと言って勉強に集中できるかどうかは別の話だ。

自分の試験の出来についての不安はあるが、それよりも俺には気になっていることがあった。雪路《ゆきみち》のことだ。

試験が始まってから、学校で一度も雪路を見ていない。気付かないうちにやって来て、テストを受けて帰ったのならいいのだが、その可能性は低いと思う。

俺は雪路の試験に役立てばいいと思い、少し前からノートのコピーを渡す準備をしていたし、時間さえあれば一緒に対策を練りたいとも思っていた。

だが、雪路と連絡が取れない。幾らなんでも試験期間くらい出てくると思っていたのだが、まさか一日も出てきていないのだろうか。そんなことはないと思いたい。

携帯を出して確認してみたが、やはり連絡は来ていない。雪路はあまり携帯を見ないし、使わない。メールを出してもほとんど返ってこないからめったに出すことはないのだが、この一週間は何度かメールを入れていた。

「ねえ宮乃《みやの》くん、アレってほんと？」

後ろから肩を叩かれて振り向くと、数人の女子が固まって何か深刻な顔をしている。

「なにが？」

「須川《すがわ》くんのこと」

「え？」

話が見えない。雪路に何かあったのだろうか。俺の胸はざわざわと騒いだ。

俺の反応に、女子の一人が声を潜めた。

「じゃあ嘘なのかな」

「なに？　雪路、どうかしたの？」

「学校、辞めたって噂《うわさ》」

「……え？」

「宮乃くんが知らないってことはやっぱただの噂かも」

辞めた？　雪路が、学校を？

目の前で話す数人の女子たちの声が、急に遠くなった。

ドクドクと心臓が鳴る。

嘘だ。嘘に決まっている。あまりに学校に出てこないから、そんな噂が立っただけの話だ。だって俺は、そんなこと、一言も聞いていない。

だが、ただの噂だと思う反面、心のどこかで、それはあり得る話だと否定できない自分がいる。

俺は席を立ち上がった。周りの視線を余所《よそ》に教室を飛び出すと、そのまま学校を出る。

雪路は今どこにいるだろう。バイトだろうか。ラブホテルか、飲み屋か。雪路が正確にどんなバイトをしているのか、もはや俺にはわからない。

だが、どうしても今雪路に会って、その口から、そんなのは嘘だと言って欲しい。

仕方なく俺は、雪路のアパートに向かった。夕方の時間帯に雪路がいる可能性は低いと思いながらも、向かわずにいられなかった。

最近は俺の部屋で会うことの方が多かったから、雪路のアパートは久しぶりだ。相変わらず今にも潰《つぶ》れそうなオンボロアパートに着き、ぎいぎいと音を立てる不安定な階段を急いで上がる。ドアをノックしたが、案の定、雪路はいなかった。

ここで待っていてもいつ帰ってくるか見当もつかない。仕事中だから連絡はつかないだろうと思いつつも、俺は携帯に話があると連絡を入れておいた。

家に帰ろうかとも思ったが、どうしても落ち着かず、俺はふらふらと地下鉄に乗った。繁華街まで出ると、足は無意識に、雪路が働いている居酒屋に向かってしまう。

夕方という時間を考えれば、雪路は居酒屋にいる可能性が高い。働いているのだからじっくり話はできないだろうが、終わる時間くらいは聞けるだろう。

場所は知っているが、店に来るのは初めてだ。一人で居酒屋に入るのも初めてで、何となく肩身が狭い思いをしながらも店内に入った。

内装は古民家風で、天井には黒くて太い梁《はり》が渡してある。壁には墨で書かれたメニューや、様々な種類の酒瓶《さかびん》が並んでいた。

すぐに現れた店員に一人だと告げると、カウンター席に通される。とりあえず生ビールを頼み、俺は雪路が来ているかどうかを尋ねた。店員は軽い調子で、「はい、いますよ」と答えたかと思うと、カウンターの奥に向かって叫んだ。

「須川ー！」

大声に緊張しながらも待っていると、まもなくビールを持った雪路が驚いた顔で現れた。

「晴生《はるお》？」

「雪路！」

「何してんだよ、おまえ？」

「あ、いやその、あの」

うまい具合に雪路に会えて嬉《うれ》しいのと、聞きたかったことが一気に頭の中を回って、咄嗟《とっさ》に言葉が出ない。

「一人か？」

「うん」

雪路は目を丸くして俺を見ている。頭にバンダナを巻き、紺色の作務衣《さむえ》にエプロン姿の雪路は、いつもと雰囲気が違って、若干緊張してしまう。

「携帯、見た？」

「見てない」

「そっか、あの、今日何時に終わる？」

「今日は早番だから……あと二時間かな」

「じゃあ俺、待っててていい？」

「ここでか？」

「気になるんだったら、外で待ってる」

「ここでいい、じゃあ適当に飲んでろよ。俺奢《おご》ってやる」

「バカ、いいよ自分で払う」

雪路は納得したのかしていないのか、眉《まゆ》をひょいと上げただけですぐに奥へ戻って行った。しばらくすると注文してもいないのに、勝手に枝豆とゲソ揚げを持ってくるので、俺は自分で払うと念を押した。

今日は特別暑い日だった。成り行きで飲むことになってしまった冷たい生ビールが、汗を搔《か》いた身体《からだ》を心地よく冷ましてくれる。

こんな日は飲み屋も忙しい。次から次へとやってくる客で店内は混《こ》み始め、一人で居座っているのが徐々に申し訳なくなってきた。どうにも居心地が悪く、手持無沙汰《ぶさた》に辺りを見回してみる。カウンターの奥には厨房《ちゅうぼう》があるらしく、出入り口から忙しそうに働くスタッフの姿が少しだけ見える。背後を振り向けば、作務衣姿の雪路が目に入った。

雪路が働く姿は初めて見る。慣れた足取りで店内をところ狭しと飛び回る姿が、やけに頼もしく見えた。

雪路は、本当に学校を辞めてしまったのだろうか。俺に黙って、何の相談もせず、一人で決めてしまったのだろうか。

働く雪路を見れば見るほど、あの噂は嘘じゃない気がして、気分が沈む。

これまであまり考えないようにしていたけれど、雪路はいつ学校を辞めてもおかしくなかった。辞めたがっているのは薄々感じていたし、その日は遠くないような予感を、常に心のどこかに抱《いだ》いていた気がする。

ふと背後で大声が聞こえて、俺は後ろを振り返った。大きめのテーブルでは中年の男女のグループがさっきから盛り上がっていた。その中でも一人の男性客がかなり酔っぱらっていて、一人で大騒ぎをしているのだ。隣の男性の背中をばんばん叩きまくったり、何かと話す度に立ち上がったり、反対側に座った女性にしなだれかかったりと、かなり質《たち》が悪い。

俺はため息をついて前を向いた。次の瞬間、きゃ！　と小さな悲鳴が上がった。振り向くと、女性店員の一人が両腕で胸を隠すようにしながら、例の男性客を睨《にら》んでいる。あの男が女性店員の身体を触ったのだと一目でわかった。周りの客も、これは冗談ではすまないという焦った顔をして、男を窘《たしな》めている。

「お客様」

走ってきたのは雪路だった。女性店員に目配せして奥に帰すと、男性客に鋭い目を向ける。

「うちはそういうお店じゃありませんので」

「なんだあ？」

男は赤い顔をさらに赤くして雪路を睨みつける。テーブルが一気に静まりかえった。

「おまえ生意気だなぁ。なんだぁその目は」

雪路は少しも怯《ひる》んでなかった。客から目を離さず、にこりともしない。

「俺は客だぞ。客に向かってそういう態度をとるのか？　この店は」

雪路の態度に、客の怒りのボルテージがどんどん上がっていく。まずいと思った。一触即発の空気に、全然関係ない俺までが席を立ち上がりそうになったとき、奥から店長らしき店員が急いで出てきた。

「お客様、何か？」

店長はそう聞いたが、あらかた事情は承知しているといった顔だった。手にサービス券らしきものを持っている。

結局店長が謝ったことで、完全に男の方に非があることがわかっている周りの客が男を宥《なだ》めて一応場は静まった。

俺は、店長の隣で一緒に頭を下げていた雪路を、悔しい思いで見つめていた。雪路が厨房で、すみません、と謝っているのが、カウンターからちらりと見えた。

悪いのは一から十まであのオヤジなのに、世の中とはなんと理不尽なのだろう。

雪路が再び働き出し、何事もなかったかのように店に喧騒《けんそう》が戻った後も、俺は釈然としない気持ちだった。腹立ちが収まらず、背後の男の笑い声に奥歯を噛《か》んだ。

「格好悪いとこ見られたな」

しばらくして、俺のところにやって来た雪路が苦く笑いながら呟《つぶや》いた。俺は首を横に振った。

「格好悪くなんか、ないし」

それどころか、とても頼もしかった。

「雪路、俺、先に出とくよ」

「なんで。ここにいていいんだぞ?」

「いや、出てるよ。ちょっと行ったとこに本屋とかコーヒー屋とかあるだろ。その辺で時間つぶしてる。終わったら連絡してよ」

何となく、あんな風に必死に働いている横顔を、俺に見られたくないんじゃないかと思ったのだ。

伝票を持って会計に行くと、店員から会計済みだと言われた。あんなに念を押したのに、雪路が払ってしまったのだ。

奢られるわけにはいかなかったが、仕事中の雪路を呼び出すわけにもいかないし、見ず知らずの店員に事情を話して代金を渡してもらうわけにもいかない。俺は仕方なく引き下がった。

結局、雪路に余計な金を使わせてしまい、俺は自己嫌悪だった。迷惑しかかけてないようで、一体何をしに来たのだったかわからなくなってしまう。

働くのは大変なことだ。学校に行くことの、何倍も大変だ。けれど雪路は、学校よりも働くことを優先せざるを得ない状況にある。

俺は何を言いにここまで来たのだろう。もしも雪路が学校を辞めるとして、俺はどうするのか。引き止めるのだろうか。どうやって？　俺に何かを言う権利があるのだろうか。

居ても立ってもいられず、思わずここまで来てしまったけれど、俺は自分がどうしたいのか、わからなくなってしまっていた。

本屋に行って随分時間を潰したのだが、それでもあと十分ほどある。コーヒーショップに入るほどの時間もないし、どうしようかなと思いながら通りを歩いていたら、ふと背後から声をかけられた。

「宮乃じゃん」

飯田《いいだ》だった。背後に見たことのない学生を数人引き連れている。比較的学校に近い繁華街なので、同じ学校の奴に会う確率は高いのだが、俺は何となく、会いたくない奴に会ってしまったなと思った。

「そういや、すぐそこで須川働いてるよな」

やはり、飯田は知っていた。顔が広く耳ざとい飯田は、やたらと他人の情報を知っているし、知りたがる。

「この辺俺の庭みたいなもんだからさあ」

飯田は得意げに言うと、ふとにやりと嫌な笑い方をした。

「あいつ辞めたんだろ、学校」

学生間の噂はあっという間に広がる。雪路は目立つ存在だったたし、噂になるのは仕方がないにしても、まだ本当かどうかもわからないのだ。

「知らないよ」

「そんで？　そこの飲み屋にこのまま就職でもすんのか？」

飯田はバカにするように、フンと鼻を鳴らした。

「貧乏で学校来れないってさあ、無理して進学なんかすっからだよな、無駄金使って親が泣くぜ」

飯田は笑い話でもするように調子よく、半笑いでべらべらと喋《しゃべ》った。

「俺は最初から、あいつみたいに自分勝手な奴は何やっても続かないと思ってたんだ。格好つけてる割にバイトバイトってみっともねえよ、そんなに金がねーなら最初から就職しとけ。……って、正直思ってたね。ま、結局俺らとは住んでる世界が違うってこと……」

飯田の声は、どかっという重い音で不意に断ち切られる。顔面に、紺色のトートバッグがもの凄《すご》い勢いでヒットしたからだ。バッグが道路に落ち、にやけたまま固まった飯田の赤い顔が現れる。

俺は怒りでぶるぶると震えていた。腹が立ちすぎて、黙れと口に出すよりも先に、物理的に口を塞《ふさ》いでしまうほどに。

「な、何すんだよ！」

飯田が怒鳴る。俺は自分が投げつけたバッグを拾うのも忘れ、震える拳《こぶし》を強く握りしめた。

「お、お、」

感情が爆発しそうで、言葉がうまく出てこない。

「おまえなんかに……！　雪路の、何が……っ、何をっ……！」

予測のつかない自分の言動に自分で驚きつつも、俺は必死に口を開いた。なのに、言葉はみっともなくつっかえる。

こいつは、雪路の何をわかってそんなことを言うのだろう。何が可笑《おか》しくて笑っているのだろう。

「おまえだって……！」

住む世界が違う？　どこが違うんだ？　同じじゃないか。おまえが遊んでる金も、勉強してる金も、おまえが出したのか。おまえは誰の力も借りずに一人でそこに立ってるのか。おまえが信じてる今の生活が、明日崩壊しないと何故《なぜ》言えるんだ。

感情が昂《たか》ぶりすぎて呼吸が苦しい。あまりに悔しくて、腹の底が燃えるようで、涙が出そうだった。

そのとき、地面に転がった俺のバッグを、横から拾ってくれた手があった。

「何してるんだ、こんなとこで」

雪路が、目を丸くして立っている。バッグを俺に差し出すと、心配そうに俺の顔を覗《のぞ》き見た。俺はぐっと喉《のど》をひきつらせた。ただでさえ涙が出そうだったのに、雪路の顔を見たら、荒ぶっていた感情が妙な具合にぺしゃんと潰れてしまう。

「須川じゃん」

飯田が嘲《あざけ》るような声を出した。

「おまえ学校辞めたんだろ？　貧乏人が調子に乗って大学進学なんかするからこうなるっつったら宮乃が怒ったんだよ、そんだけ」

「黙れよ！」

俺は今度こそ怒鳴った。

雪路の前で、そんなことを一言でも言わせたくなかった。

だが雪路は無表情だった。怒っているでも、傷ついている風でもない。淡々と飯田を見ると、あっさりと言った。

「そうだな。その通りだ」

「雪路！」

飯田の表情が、妙な具合に歪《ゆが》んだ。暴言を吐いて喧嘩をふっかけているのは自分なのに、まるで虐《いじ》められているような情けない顔だ。

「行くぞ」

雪路が歩き出したので、俺も慌てて後ろにつく。

「雪路……」

「仕事終わってこの辺かなと思って来てみたら道路の真ん中でおまえらが揉《も》めてるから、びっくりした」

「あいつ、あんなひどいこと……」

「後ろで女子が見てたから、引っ込みがつかなくなったんだろ。……それに、その通りだしな」

淡々とした最後の一言が、耳に突き刺さってくる。

俺は雪路の横顔を眺めた。

「……学校、辞めたって、ほんと」

噂であってほしかった。嘘であってほしい。

雪路の表情は強張《こわば》ったままだ。返事はない。

返事がないことが、雪路の肯定のような気がした。

「先週、先生に話した」

長い沈黙の後、雪路はポツリと言った。

後頭部を鈍器で殴られたみたいに、ショックだった。同時に、やっぱり、という言葉がぐるぐると頭の中を回る。

やはり、本当だったのだ。

雪路は学校を辞めてしまう。

事実だと言われているのに、俺は心のどこかでそんなのは嘘だと信じまいとしていた。

納得できないのだ。雪路が学校を辞めてしまうということを、どう捉《とら》えていいかわからない。すんなりと受け入れられない。納得したくない。

「……なんで」

無意識に、口が動く。

「……なんで辞めるんだ？　本当に、辞めなきゃいけないのか……？　続ける方法、あったんじゃないのか。せっかく入ったんだろ、今辞めるなんて、そんな簡単に、辞めるなんて」

雪路自身のことだ。さっきも散々考えた。雪路の選択に、自分が口を出す権利はない。頭では理解しているのに、口が勝手に雪路を責める。

「簡単じゃない。ちゃんと考えて決めたことだよ」

「だって……だって今まで何にも言ってくれなかったじゃん、そんなに思い詰めてたんなら一人で決める前に一言くらい言ってくれればよかった、俺だって何か力になれたかもしれないし、相談くらい乗れたかもしれないし、生活費とか、俺だって協力したかったのに……っ」

「それはダメだ。おまえは俺とは違う、関係ない」

低く発された言葉に、頬《ほお》を打たれたみたいな衝撃を受ける。

雪路はすぐに苦い顔をして、言ったことを後悔するみたいに、片手で額を覆った。

「いや……ごめん、言い方が悪かった、そういう意味じゃない」

だが、雪路の言葉は、俺を深く貫いていた。

俺にできることは何もない。雪路の人生に関わる権利もなければ、少しの手助けすらする力がない。雪路は俺に、それを許してはいない。

「晴生」

何故こんなに苦しいのだろう。わかっていたことじゃないか。胸の中がもやもやとして、熱くて息苦しい。雪路の顔を、見ていられない。

「ごめん俺、帰る」

今度こそ本当に泣き出してしまいそうで、みっともなくて、俺は走り出した。

「晴生っ！」

雪路が走って追いかけてくる。全力で逃げたつもりだったのに、俺は呆気《あっけ》なく捕まってしまった。駅裏の暗い路地で、俺は雪路に腕を摑《つか》まれたままうなだれた。

「ごめん、違う。さっきのはそういう意味じゃない」

「そういう意味って、どういう意味。……ほんと、その通りだな。俺には、何にもできない」

「晴生、そうじゃなくて……」

「……おまえは……俺とおまえは違うって、言うけど……俺は、雪路と一緒に、一緒に学校通って、卒業できたらいいって、同じ時間を、過ごせたらいいなんて、暢気《のんき》に考えてた……けど、偉そうなこと言ったたって、結局俺には、何にもできないし……雪路が頑張ってんの知ってても、頼りにもならないし、雪路は俺なんかいらない……」

「そんなことない、晴生」

「か、関係ない俺が……こんな風に言うの、迷惑かもしれないけど……けど俺、おまえのこと、心配で……いつもすごく心配で……けど、ずっと言えなくて、だってそんなこと口に出したら、おまえ鬱陶《うっとう》しがって、俺を遠ざけると思っ……」

言いかけた言葉は、途中で止まった。

俺は雪路に、背中がしなるほどに強く抱き締められていた。

背中に回る、太い腕の感触と、頰に押しつけられた雪路の首筋の匂《にお》い。シャンプーの香りの中に、ほんのりと汗の匂いが混じっていた。

雪路……?

何が起こっているのか理解できない。ただ、ぎゅっと触れ合った身体全体で、雪路を感じている。

だが次の瞬間、ふっと、熱い体温は離れてしまった。身体に、小さな隙間《すきま》風が吹く。

雪路は俯《うつむ》いたまま、一歩後ろに後ずさった。顔は暗く沈んでいる。

「……ごめん」

どうして謝るのだろう。謝ることなんか、何もないのに。

「雪……」

「ごめんな」

雪路はくるっと踵《きびす》を返すと、俺を置いて駅へ向かっていった。

生ぬるい夜の空気に、飲食店からの排気がむわりと立ちこめる。

俺を抱き締めた雪路の腕の感触が、身体中に残っている。

俺は腰が抜けたみたいになって、その場所から動けなかった。


「ハルオっ」

呼ばれて、はっと我に返った。硅《けい》が振り向いて、俺を呼んでいる。

「ごめん、なに」

「ここ、説明してって」

机の上には英語のプリントが置いてある。

硅は、赤で丸がつけてある部分を指していた。

「あれ、このプリントってこの間やらなかったっけ」

「やってないよ」

「そうだったかな」

硅がむっと眉を寄せて、こっちを見上げる。

「えーと……」

慌てて頭の中に教科書に書いてある英語の長文問題を叩き込む。だが、何が書いてあるのかさっぱり理解できない。焦れば焦るほど、見えていたはずの英文が不可解な記号の集まりのように思えてくる。

「……もういいよ」

先に硅の方が諦《あきら》めた。力のない声に、俺は無駄な抵抗を止《や》めて素直に謝った。

「ごめん……」

今日はこれで、同じことを三度やったことになる。幾らなんでも硅も呆《あき》れる筈《はず》だ。

硅の高校は既に夏休みに入っている。試験の間バイトを休んでいた俺は、久しぶりに硅の家を訪れていた。

夏休みは学校で出た課題を中心に、一学期の復習をするという計画を立てていた。自分で作った問題用紙も持参していたのだが、俺ははっきり言って、授業に身が入っていなかった。ふとした瞬間にぼんやりしてしまい、集中が途切れる。頭には常に同じ奴の顔が浮かんできて、気付けばそのことばかり考えてしまうのだ。

雪路と道端で言い合いになってから二日、考えるのは雪路のことばかりだ。

雪路がこれからどうするのか。学校を辞めることにもまだ納得がいかないし、雪路の考えをちゃんと聞きたい。

それに、あの夜。雪路は何故、あんな風に俺を抱き締めたのだろう。俺に何か言いたいことがあるのか、それとも、特別な意味なんかないのか。

あの瞬間を思い出すと、胸がドキドキとおかしな具合に高鳴って、思考が中断してしまう。そのくせ、ふと気を緩めれば、あの夜のことを思い出す。昨日も一日中家にいて、うだうだと同じことばかり考えて過ごしてしまった。

会って聞きたいことは山のようにあるのに、今の自分が雪路と面と向かって、まともに話ができるとは思えなかった。

俺はどうしてしまったのだろう。頭の中に住み着いた雪路の顔が、一向に消えてくれない。

「ハルオ」

不機嫌な硅の声が再び俺を呼んだ。

「ごめん！」

ダメだ。今は授業中なのだ。こんなことでは硅に申し訳ない。気合を入れ直そうと背筋を伸ばした。

「ほんとごめん。ちゃんとやるから。えっと、どこからだっけ」

「ハルオ」

凄むような不穏な声に、恐る恐る硅を見る。真っ黒い、真剣な瞳《ひとみ》とぶつかった。

そういえば、硅は今日、俺のことを「ハルオ」と呼ぶ。『先生』はもうつけてくれないのかな、などと暢気なことを一瞬考える。

「ねえ、俺、あんたのこと好きって言ったの、忘れてないよね」

頭から冷や水を浴びせられたような気がした。俺の頭も、部屋の空気も、一気にピンと張り詰める。

「俺のこと、どう思ってる？　男だから気持ち悪いって思ってんなら、はっきりそう言って」

俺はごくりと唾《つば》を飲み込んだ。

「き……気持ち悪くなんか、ないよ」

それは本当だ。気持ち悪いだなどと思ったことは一度もない。

「……去年の冬の期末んとき、あんた俺の単位危ないからって、期末テスト用にノート一杯に問題作ってくれて、親にも話して、時間すぎても側にいてくれたよな。俺は、勉強なんか全然やる気なかったし、やんちゃやめて学校通い出しても、授業はわかんねーし、学校のセンセーとかも俺のことは完全に無視だったし……俺はそれでもよかったんだ。……けど、あんたは絶対に嫌な顔しなかった。一生懸命だった」

それは、当然のことだった。俺はそのために雇われて、バイト代をもらっているのだから。

なのに、そんな俺の当たり前の行為を、特別に思ってくれるほど、硅は寂しかったのだろうか。

それを思うと胸が締め付けられるように苦しい。

「俺、そんなふうに一生懸命に向かい合ってもらったのって、初めてだった。……意識は初めからしてた。あんたが側にいると、ドキドキした。好きだって気付いてからは、会えるの楽しみで、だけど会うとなんでかわからないけど、苦しくて、なんで俺のものじゃないんだろうとか、どうして時間になったら帰っちゃうんだろうとか、あれこれ考えて……どうしたら、ハルオは俺のものになるんだろうって、そんなことばっかり考えてた」

硅が椅子《いす》を回して、俺を正面から見上げた。

なんて目を向けてくるのだろう。真っ直《ます》ぐで透明な瞳の奥には、まるで俺を縛り付ける魔法でも潜んでいるみたいだ。

「……言うの、すごい迷ったよ。逃げられるかもしれないと思ったから。でも、黙ってられなかった。黙ってるのはもっと……つらかった」

硅がすっと椅子から立ち上がった。俺の目線は硅の喉もとの辺りだ。あまりに近くて、硅の肌の匂いがむわりと香る。俺はごくりと唾を飲み込んで、僅《わず》かに後ろに下がった。

「ねえ、俺のこと、どう思ってる？」

どう思っているのか。

これまでに何度も考えた。

家庭教師の教え子だ。一生懸命教えていたし、それに応《こた》えてくれたから、可愛かった。少し生意気で、でも俺の前ではびっくりするほど素直で真っ直ぐだ。

弟みたいに、愛《いと》しかった。

「硅、ちょっ……と、待って……」

じりじりと近づいてくる硅に、俺はロボットみたいにぎくしゃくとした動きであとずさる。

逃げなければいけない。

本能がそう訴えているのに、身体が思うように動かない。それに、硅が強引なことをするわけがないと、頭のどこかで信じている。信じようとしていた。

「硅、ど、どいて」

近づいてくる身体を押しのけようとしたとき、硅の目が一瞬強く光った。

いきなり大きな手が伸びてきて、ぐっと後ろ頭を捕まえられた。迫ってくる硅の顔に、全身が硬直する。次の瞬間、ねっとりとした生ぬるい感触が口唇《こうしん》を覆い、分厚い舌が強引に入り込んできた。

何が起こったのだろう。あまりにも突然のことに頭がついていかず、俺は他人の舌が自分の口の中で動くのを、身体を硬直させてぼんやりと感じていた。

だが、硅の硬い股間《こかん》が俺のジーンズの前を擦《こす》ったとき、俺はようやく、自分の置かれている状況の危うさに気付いた。

このままではまずい。何とかしなければならない。俺は硅を引き剝《は》がそうと、両腕に力を込めた。口唇が離れた瞬間、何とか声を出す。

「硅……やめろよ……」

予定では、もっと大きな声を出すはずだった。力一杯硅を押しのけて、逃げ出せるはずだった。だが実際には、俺の出した声は情けないほど震えていて、硅はびくともしなかった。

それどころか、硅は硬く変化した自分自身を、わざと俺の下半身に押しつけてくる。その凶器のような感触と、硅が勃起しているという事実に、俺は怯《おび》えた。

「硅……やめてくれってば、やだって……」

泣きそうな俺の声を無視し、硅は再び口唇を押しつけようとしてくる。

俺は顔を背けた。こんなのは嫌だ。絶対に嫌だ。

「硅……っ！」

ほとんど泣き声に近い声を必死に張り上げたとき、硅の手はようやく止まった。間近で見上げた硅の目が、傷ついたように俺を見つめる。

「ハルオ、何にも言ってくれない」

低い声で、硅は呟いた。

「はっきり言われてハルオと会えなくなるのと、こうやって無理にやって嫌われんのと、どっちがいいかな」

硅は暗い目をしてそんな風に言う。

強引に抱き締め、欲望を押しつけようとしているのに、傷ついているのは硅の方だ。

俺が硅を、ひどく傷つけている。

「ねえ。今日帰らないで、ここにいてよ」

「な、に、言ってるんだ、ご両親が……」

「いないよ。今日は帰ってこない。明日も明後日《あさって》も、帰ってこないかもしれない」

「……え？」

「昨日からいないんだ。金だけ置いてってるから、もう当分帰ってこないつもりだ。だから、何やっても自由だ」

平然とした声なのに、硅の目の奥は深く傷ついている。それを見ると、俺は途端に何も言

えなくなった。

「ねえ、ここにいて、ハルオ」

息の詰まるような沈黙。硅の縋《すが》るような目。傷ついた目が、俺の身体から抵抗する気持ちと力を奪っていく。

「……わかった」

気がついたら、そう言っていた。硅が目を見開く。

「いいよ、泊まる。今日だけなら」

「ハルオ……」

どうしたらいいのかなんてわからなかった。抱き締められ、強引に口唇を奪われようとしているのに、逃げることもせず、硅の腕の中に止《とど》まろうとしている。

だが俺に、他に何ができただろう。身体の力を抜く以外に、硅のためにできることなんかないと思った。その先のことなど何も考えられない。ただ、硅のしたいようにさせてやりたい。もしそれが身体を触られることでも、それでもいいような気がしたのだ。

だが硅は、突然俺の身体を突き放した。思わずよろけて体勢を崩した俺に、硅はすごい形相で怒鳴った。

「帰れよ！」

俺は呆然《ぼうぜん》とした。

「硅……？」

「帰れっ！」

それでも俺はしばらく動けなかった。硅は俺を睨むように見て、肩を震わせている。切れ長の目には、苛立《いらだ》ちと、もっと別の何かが見えた。

俺は震える手を叱《しか》りつけるようにしながら鞄《かばん》を持つと、呆然としたまま硅の部屋を出た。表に出て自転車に跨《また》がると、火がついたみたいにペダルを漕《こ》いだ。

一体俺は、何をしているんだろう。

何がしたいんだろう。混乱の中、分かっていることは自分が悪いということだけだ。何もかも俺のせいだ。俺が硅を傷つけた。

キスをされたときの、ざわりと背中が粟立《あわだ》つような感覚が、俺を打ちのめす。

硅は俺に、何度も好きだと言った。好きだということは、キスをしたいということだ。勃起するということだ。

雪路に会いたかった。電話をして声だけでも聞きたかったけれど、結局かけられなかった。自分を汚いと思った。ずるいと思った。何故か雪路に後ろめたくて、声を聞けば、たった今流されるように硅の腕の中に止まろうとしたことが、雪路にばれてしまうような気がした。こんなに卑怯《ひきょう》な自分のまま、雪路の前に立つことはできない。

その日の夜遅く、硅から電話があった。まさかさっきの今で電話が来るだなどと思っていなかった俺は、携帯の向こうから硅の声が聞こえたとき、ひどく驚いた。

「さっき、ごめん」

硅は萎《しお》れたような声で、そう言った。押さえつけてくる腕の強さや、帰れと言われたときの激しさを、忘れるくらいに弱々しい声だった。

「俺……あんなふうに、するつもりじゃ……」

「うん……」

「…………」

沈黙が、硅の寂しさを伝えてくる。あの広い家に、今日も硅は一人きりでいる。

「ハルオ」

「なに？」

「今から……行っていい？」

「え？」

「ハルオんち、行っていい？」

縋るような声に、俺はぎゅっと心臓を押さえた。

「……ダメ？」

何故？　何故そんな声を出すんだよ。

こんな俺のどこがいいんだ。俺はおまえを、傷つけてばかりじゃないか。おまえの気持ちに少しも応えてやらず、自分の保身ばかり考えている俺の、どこがいいんだ。

「ダメ、かな」

力なく沈んでいく硅の声。

あんな大きな身体に、いかつい顔で、こんなに頼りない声を出す、硅。

「俺が行くよ」

俺は、こんな寂しい声を、どうしても無視できない。

「俺が行くから……」

「え、ほんとに?」

硅は子供のように無邪気な、嬉しそうな声を出した。

俺は硅の家からすぐの公園まで、さっき猛烈な勢いで戻ってきた道を、もう一度自転車で走った。夜の風はぬるりと暑く、Tシャツから出た腕がじっとりと汗ばむ。

硅は、公園の入り口脇のフェンスに凭《もた》れて俺を待っていた。肩で息をしながら急いできた俺を見つけると、泣きそうな顔をした。

「……なんだよおまえ、そういう顔すんなってば」

自転車を側に停めた途端、腕を引かれて抱き締められた。心臓が止まりそうになった。

「硅……」

「好きだよハルオ……俺を、嫌いになった?」

息ができないほどに、強く抱き締められる。硅の胸から言葉にならない強い感情が流れ込んでくる。

「……嫌いなんかじゃないよ」

「……嫌いじゃないなら……それだけで、いいよ」

硅は呟くと、そっと口唇を近づけてきた。けれど触れる直前で止まり、怯えるように離れていく。

縋りついてくる硅の腕や、好きだと訴える目が痛い。あまりに痛くて、もしもそれ以上されたとしても、俺は逃げられなかったかもしれない。

俺はひどいことをしていた。

現状を変えることが怖くて返事を先延ばしにするなんて、硅の気持ちを無視しているのと一緒だ。その上、応えられもしないのに、期待だけをさせている。

そして、こうなって初めて気付く。

俺の心は別の場所に飛んでいた。こんな風に俺を抱き締めた、もう一つの腕。骨ばった身体としなやかな腕の筋肉、汗の匂い。俺は今、数日前俺を抱いたあの腕に、焦がれている。

雪路。

声に出さず、心の中で名前を呼ぶ。すると、目頭が急に熱くなった。ぐちゃぐちゃに乱れた心の中で、その名前だけは揺らがない位置で、ずっと強く輝いている。

雪路。

俺は雪路が、好きだ。

何故今まで気付かなかったのだろう。どうしてこんなにも熱い感情を、知らないふりで過ごして来られたのだろう。

「ハルオ……」

硅の指が、俺の目尻を優しく拭《ぬぐ》う。流れた涙を、硅は痛ましそうに見つめた。

痛い、痛い。胸が痛い。

硅、頼むから、そんな顔で俺を見るなよ。俺には何もできないよ。俺はおまえに、何もやれないよ。

「ハルオなんで、泣くんだよ……」

硅が困ったように呟いた。大きな背中を丸めて覗き込んでくる硅の顔を、俺はもう見られなかった。

「ハルオ……」

硅、硅ごめん。ごめんな……。

俺はずっと、自分の弱さが嫌いだった。

他人にはよく、優しいと言われた。友達からも付き合った彼女からも同じように言われた。その度、俺は自分の心がぎくしゃくと軋《きし》む音を聞いた。その言葉を否定するほど繊細でも、自分を信じているわけでもない。だが、違和感に慣れてしまっても、消えることはなかった。

俺は優しくなんかない。ずるいだけだ。

臆病《おくびょう》なだけだ。

優柔不断で、物事をはっきり決められない。当たり障りなく他人と付き合って、自分の意見を主張しない。誰にでもいい顔をして、その場をやり過ごす。

結局、逃げているのだ。答えを出して間違って、自分が傷つきたくなかった。責任を取りたくなかった。

他人に、嫌われたくなかった。

なんて卑怯な奴だろう。決断を人に任せて、自分ばかり居心地のいい場所に止まって、最後には周りを傷つける。

硅のこともそうだ。俺は結局、いつものように有耶無耶《うやむや》になるのを待っていた。はっきり答えず誤魔化《ごまか》していれば、いつか自然消滅するだろうと、そうなればいいと、自分に都合よく考えようとしていた。

俺は最低だ。

臆病で、ずるくて、小さい。

俺は熱気の籠った暑苦しい部屋で、見慣れた白い天井をぼんやりと見つめていた。時間は十一時を過ぎている。既に昼前だった。昨日泣いたせいで瞼は重く、頭も痛い。

昨日の夜、帰ると言った俺の腕を、硅は引き止めるように一瞬強く摑んで、すぐに離した。感情を押し殺すようにぐっと口唇を引き結んで、またすぐ会えるもんな、と言った。目は、寂しそうに揺れていた。

公園から帰る道すがら、俺は決心した。

雪路と会って話すこと。

気が付けば雪路は、俺の中で揺るぎない場所にいた。

俺は雪路の側でなら、楽に呼吸ができた。自分を飾る必要も、愛想笑いをする必要もない。雪路がありのままの俺を受け入れてくれるからだ。美香と准にも会わせてくれた。何も言ってくれないけれど、雪路は俺を、自分の一番近いところに、入れてくれているじゃないか。

いつから雪路に、こんなに強い想いを抱いていたのだろう。この嵐のように強い気持ちを恋と言うのなら、これが俺の初めての恋だ。

俺はベッドを降り、扇風機をつけて窓を開けた。サウナ状態だった部屋の空気が、ようやく少しだけ動く。外からぬるい風が入り込み、カーテンを揺らした。

雪路と会って何を話すのか。自分の気持ちを伝える勇気が俺にあるのか、自信はない。ただ、会いたいだけかもしれない。俺を抱き締めた理由を、聞きたいだけかもしれない。

時間が経《た》てば、決心が鈍る。俺は昨日の夜のうちに、雪路の携帯に連絡を入れた。いつでもいいから、時間を取って欲しい。会って話がしたいとメールした。

俺はベッドに戻り、枕元に投げてある携帯を取った。予想はついていたが、やはり返信はない。

雪路は俺のメールを見ただろうか。見たとして、返信があるとすれば今日の夜中だろう。そう思ってはみるものの、やはり携帯をチェックしてしまう。

こうしてただ考え込んでいても仕方がない。昼食でも取ろうとベッドを降りたとき、電話が鳴った。表示されているのは雪路の名前だ。驚きつつも慌てて電話に出る。

「晴生か」

雪路の第一声は、いつもと少し様子が違い、落ち着きがなく、硬かった。

「どうした?」

何かあったのだろうかと不安になる。

「今、連絡があったんだけど」

「うん」

「准が、怪我《けが》したって」

「え……っ?」

「病院、行ったって聞いて、俺も今から行こうかと」

「病院名聞いたのか？」

「あ、まだだ、今から」

「様子は聞いたのか？　ひどいのか？」

「わからない、メールが入ってたのに今気付いたばっかで」

雪路はどこかぼんやりとした口調で淡々と話している。妙に間の空くのんびりした声が、逆にひどく不安定に感じた。俺は携帯を握りしめた。

「じゃあすぐに叔母《おば》さんとこに連絡して、詳しい様子を聞いて、それから行こう？　俺も一緒に行くから」

「……ああ、そうだな、ああ」

雪路は素直に同意した。やはり、心ここにあらずといった様子だった。

ＪＲの駅で待ち合わせることを決めて電話を切ると、俺は急いで出かける支度をした。いつもと違う雪路の様子が心配で、ひどく気が急《せ》く。

地下鉄から降り、ＪＲの乗り換え口の改札を通ると、雪路は目の前の柱の下に立っていた。背中を丸め、ぽつんと一人で佇《たたず》む姿はひどく頼りない。俺は、雪路のそんな姿を、これまで見たことがなかった。

「雪路！」

名前を呼ぶと、雪路が俺に気付いた。ぼんやりしていた目の焦点がようやく合う。真っ白だった顔に少しだけ表情が戻ったのを見て、俺はホッとした。雪路に駆け寄ると、力のない肩を強く摑む。

「行こう」

「ああ」

雪路は小さく頷《うなず》いた。

電車で話を聞いたところによると、准は既に病院を出て家に戻っているらしい。額を深く切ってしまい、少し縫ったのだそうだ。

大きな怪我ではなく安心したが、雪路は口数が少なく、本人の無事な姿を見るまでは落ち着かない様子だった。

「ごめんな、晴生」

隣に座っていた雪路が、ふと言った。

「何が？」

「関係ないのに、一緒に来てもらって」

小さな鋭いナイフが、胸に突き刺さる。俺は口唇を噛んだ。

「……関係ないって言うの、やめろよな」

「……ごめん」

「俺は……関係あると思ってるから」

「うん」

時間は昼を過ぎたところだった。平日の電車内は比較的空《す》いている。外はぎらぎらとした陽気だが、車内は冷房が効いていて、肌寒いくらいだった。

「俺さっき、気付いたらおまえに電話してた。……なんでだろうな。俺、おまえに甘えてんだな」

真っ白い車窓を眺めながら、雪路がぼそりと口走った。

本当に甘えてくれているのだろうか。

もしもそうなら、もっと甘えて欲しかった。関係ないなどと言わず、俺に少しでもいいから、その心の内を見せて欲しい。俺を、巻き込んでほしい。


二時間かけて親戚の家に着くと、夏休み中の准と美香、叔母さんの三人が雪路を待っていた。

小さな額に包帯をぐるぐるに巻いた准は、雪路を見て駆け寄ってきた。

「こら、そんな走っちゃダメよ」

叔母さんに叱られ、准はしゅんとうなだれる。

雪路は准の包帯をまじまじと眺め、顔をじっと覗き込んだ。

「大丈夫か?」

「うん」

「他に怪我は?」

「してない」

雪路はようやくホッと身体の力を抜いて、畳の上に座り込んだ。

「びっくりさせんな……」

雪路の安心した顔を見て、俺も張りつめていた気持ちがようやく解《ほぐ》れた。

「なんで怪我したんだ? 何してた?」

准は突然険しい顔をして、口を閉ざした。准の後ろにいた美香が、何か言いたげに雪路を見上げている。

キッチンから戻ってきた叔母さんが、テーブルに冷たい麦茶を並べてくれる。

「ねえ准くん美香ちゃん、お兄ちゃんに見せるものあったんじゃないの? 一学期の成績表と、学校新聞に載った作文とか、ほら、家庭科で作った物もあるでしょ。あれ持っておいで」

二人は勢いよく頷くと、二階に上がっていく。二人がいなくなってから、叔母さんは声を潜めた。

「いじめっ子がね、いるらしいのよ」

雪路の表情が、ぴりっと尖《とが》った。

「美香ちゃんが教えてくれたんだけど、家のことでね、私たちと血が繋《つな》がってないでしょう?

そのことを二人ともからかわれるらしいの。今日も二人で公園で遊んでたら、いじめっ子のグループが来て、ひどくかまわれたんだって」

雪路は形のいい目を真っ直ぐ見開いて、叔母さんの話を聞いている。俺は緊張しながらも、雪路の隣に座っていた。

「それでね、いじめっ子のリーダーみたいな子がいるらしいんだけど、その子と喧嘩になって、転んで、運悪く地面に落ちてた石で、額を切ったんだって」

先に手を出したのがどちらかははっきりしなかったらしい。これまでも悪口を言われたりからかわれたりすることはあったのだが、手が出たのはこれが最初ということだった。向こうの両親は既に謝りに来ており、怪我も軽い。あまり問題を大きくするのもよくないから、このまますませようと思うと、叔母さんは雪路に言った。

「それでいいかしら」

雪路はしっかりと頷いた。

「はい。叔母さんたちがいいと思うようにしてください」

雪路の返事に、叔母さんが硬かった表情をやっと少しだけ緩めた。

「私たちがついてるのに怪我なんてさせて本当にごめんね。驚いたでしょう？　傷の割に出血が凄かったものだから叔母さんもびっくりしちゃって、思わず雪ちゃんにメール入れちゃったのよ」

「謝んないでください、こちらこそ迷惑かけてすみませんでした」

「迷惑なんて全然よ。それより、これからも親がいないなんて言われていじめられるかもと思うと、叔母さん心配でね」

「覚悟してます」

雪路がきっぱりと言った。悔しそうな横顔は、何かに怒りをぶつけているように見えた。

「俺たちに、もう親はいない。それは事実だから……准と美香が、強くなるしかないと思ってます」

「雪ちゃん……」

「けど、准と美香には、俺がいるから」

雪路はぽつりと言って、叔母さんの顔を見た。

「叔母さんも、叔父《おじ》さんもいるし」

雪路は少しだけ口元を引き上げた。笑ったつもりかもしれないが、微妙に失敗している。

「これからも、二人をよろしくお願いします」

雪路に深く頭を下げられ、叔母さんが目頭にそっと手を当てた。

まもなく准と美香がプリントやらノートやらを山のように持って二階から降りてきた。雪路の前に広げて、点が良かったテストや褒められた画や、家庭科で作ったバッグやらを一つ一つ競うように見せている。雪路はその一つ一つをじっくり見ながら、満面の笑顔で感想を口にしていた。

「なんか嫌なことがあったら、すぐに叔母さんに言えよ。兄ちゃんにも。すぐ来るからな。いっぱい頑張んなくていいんだからな」

別れる間際、准と美香の頭を撫《な》でて、雪路は言い聞かせるように言った。

雪路のアパートに戻ったときには、既に辺りは暗くなっていた。

「バイト、今日は二つあったんだけど、両方休んじまったな」

部屋に上がり、明かりをつけながら、雪路がこぼす。

「……おまえ働きすぎだし、神サマが休めって言ってんじゃないの」

「神サマなあ、あんな冷たい奴がそんな気い使ってくれるもんかね」

雪路は皮肉に言って、肩を竦《すく》める。

今日は怒濤《どとう》の一日だった。古い畳に腰を下ろすと、さすがに疲れていたのか、身体からぐったりと力が抜けた。ぐう、と腹が鳴り、買ってきた弁当を広げる。

二人とも、今日は朝から何も口にしていなかった。叔母さんの家で少しお菓子をもらったのだが、それだけだ。安心したら急に腹が減って、帰りの電車の中では二人してうるさいほど腹を鳴らしてしまった。

この小さなテーブルで雪路と弁当を食べるのも久しぶりだ。雪路は相変わらず、俺の弁当からゆで卵を真っ先に取っていく。

ふと、雪路が思い出したように立ち上がり、台所に引っ込んだ。顔を出したと思ったら、何かを俺に向けてひょいと投げて寄越す。

「いつかのお返しな」

渡されたのは、カップラーメンだ。

律儀な奴だなと思ったら、雪路への愛しさがじわじわと込み上げてくる。

弁当を食べ終え、雪路が作り置きしている麦茶を二人して飲んだ。網戸にかけた白いカーテンがふわりと揺れる。風が出ているらしい。冷房もないのに、普段よりは過ごしやすい夜だった。

テレビのない雪路の部屋は、いつもひどく静かだ。外の物音が時折入り込むが、後は冷蔵庫や時計の音、扇風機がカタカタ鳴る音だけの空間。

「今日はありがとうな、付き合ってくれて」

改めて言われると照れくさい。俺は背筋を伸ばし、ぶんぶんと首を横に振った。

俺たちは自然と、壁に貼ってある写真を眺めていた。美香も准も、さっき会った顔と比べると随分幼い。

「やっぱこういうことあると、悔しいな。側にいないと、何にもしてやれない」

親がいないことで二人がいじめられているという話は胸に深く突き刺さっていた。雪路は気丈に答えていたけれど、やはり悔しかったのだろう。真っ黒い目の奥に、やるせない苛立ちが見えた気がした。

「でも怪我は大したことなくて、よかったな」

気を取り直して話しかける。雪路は苦く笑った。

「ああ。ちょっと、びっくりしたけどな」

「おまえ、朝は挙動不審だったよ」

「なんだろな、すごい怖くてさ。……いきなり連絡あって病院とか言われたら、正直心臓冷える。母さんのとき、そうだったから」

雪路は壁の写真を眺めながら、さりげなく口にした。

そこには、准と美香の写真しかない。母親がいないことが、俺はずっと気になっていた。

俺は声が震えないように、無理に明るく尋ねた。

「そういえば、お母さんの写真は貼ってないんだな」

雪路はしばらく黙っていて、ぽつりと言った。

「なんか、な。今はまだ……母さんの顔見ると、泣きそうになるから」

沈黙が落ちる。

ぼろり、と涙をこぼしたのは雪路ではなく、俺の方だった。

俺は慌てて雪路に背中を向けた。本人が泣きたくないと思っているのに、俺が泣いたらダメじゃないか。

けれど、涙は止まらなかった。肩が僅かに震えてしまう。

「おまえ、優しいな、晴生」

背中に雪路の声がかかる。俺は必死に首だけを横に振った。

俺は優しくなんかない。

全然優しくなんかない。

「……俺な、本当は、自分がどうしたらいいのかわかってないんだ。……母さんが死んでから、今もずっと、よくわからない。このままでいいのかって、俺は学校なんか通ってる場合なのかって、焦るばっかりでさ。けど働いてれば、俺は金を稼げる。あいつらに仕送りもできる。役に立ってるって、俺にも何かができてるって、少しだけ実感がある」

俺は背中で、雪路が初めてぽつぽつと語る言葉を聞いていた。

そして気付いた。

雪路は、母親をなくしてやっと一年たったばかりだ。

まだ心の整理もついていない。今自分が何をすべきか、冷静に考えられる状態ではなかったのだ。

「たぶん、俺一人なら学校に通えないこともないかもしれない。奨学金もあるし、生活はホントギリギリになるけど、今だけならやっていけると思う。けど、奨学金はいずれ返さなきゃなんないだろう。……俺は、できるだけ早いうちに美香と准を引き取りたいんだ。叔母さんちだって、娘がすぐに受験することになる。娘が大学に行けば、金もかかる。楽じゃないんだ。楽じゃない中で、二人を見てくれてる。あれこれ考えてたらさ……焦るんだ。学校にいても、自分だけ贅沢《ぜいたく》な場所にいるような気がしてさ。……そりゃあな、無理しても学校を出て就職した方が賢いんだろうし、色々有利なんだろうと思うよ。……けど、色々頭でわかってても……身体が思うように動かない」

俺は、今まで全然わかってなかった。

雪路は自分のすべきことが見えていて、迷わず真っ直ぐにその道を進んでいるのだと思っていた。必要なものと不必要なものがはっきり見えていて、選択できるのだと思っていた。

だが、それは違った。

雪路だって迷っている。

手探りで少しずつ、自分の道を見つけようとしている。

「けど、おまえと出会った」

俺は雪路を振り向いた。俺を見る、真摯《しんし》な視線とぶつかった。

「俺さ、おまえといたら、なんか少し、楽しかったんだ。俺って学生なんだって、安心するっていうか……うまく言えないけど、笑ったり、飲みに行ったり、だらだら過ごしたり、そういう普通のことをしてもいいような、学生でいてもいいような、そういう気が、少しだけしてた。息がしやすくて、身体の力が抜けて……気が付いたら、おまえは俺の、特別だった」

雪路が小さなテーブルの向こうで、俺を見つめている。形のいい、意志のはっきりした目。俺を捕らえて引き摺《ず》る、強い視線。

胸が鳴る。

「……雪路」

「おまえといると、気持ちが柔らかくなるんだ。甘えそうになる。これ以上側にいて……ましてや同居なんかしたら、俺はもっとおまえに甘えるし、おまえは絶対に俺を助けようと悩むだろ。だから……できるだけ一人でいようと思ってたんだ。学校のことも、辞めてから言おうと思ってた。相談すると、また心が揺れるから」

言いたいことはたくさんある。溢《あふ》れた言葉がこぼれ落ちそうなほど、心に詰まっている。

けれど、それをどうやって伝えたらいいだろう。

ただ、ただ、雪路が好きだ。

全ての思いを一つにしたら、その短い単語しか、出てこない。

「雪路……俺」

声が震える。口唇も指も震えていた。

「晴生……」

「俺……」

雪路が目の前にいる。当たり前だったこの状況を、まるで奇跡のように感じた。

雪路がテーブルに手をついて、俺の方へ身体を伸ばしてくる。がたん、とテーブルが音を立てた。

「俺、雪路が、好……」

言い終わらないうちに口唇を塞がれた。

柔らかくて湿った、温かな体温が、俺に触れている。全身に痺《しび》れが走った。

雪路とキスをしている。あの、雪路と。

そう思っただけで、身体中の力が抜けそうになる。テーブルについた手が、がくがくと力なく震えた。

「晴生……」

口唇をゆっくりと離して、雪路が囁《ささや》いた。鼻先にかかる吐息が、俺を動けなくする。

「こんなこと、一生できないと思ってた」

「……なんで？」

「……おまえにこんなことしたいなんて知られたら、嫌われると思った」

「俺、に……？」

雪路は頷いた。

「だから、意識しないようにしてた。冷静でいようって、必死だった」

胸の辺りに熱いものがじんわりと流れる。

雪路も、俺と同じだった。

嫌われるのを恐れ、戸惑い、身動きできない。

泣きそうなほどに、雪路が好きだと思った。

俺は、雪路の側にいたい。

俺だって、自分に何ができるかわからない。けれど、雪路が泣きたくなったとき、側にいてやることはできる。雪路の心の支えに、なんておこがましいかもしれないけど、雪路が、自分は一人ぼっちだと思ったとき必ず隣にいて、俺だけは味方だからと言ってやりたい。

「……晴生」

雪路の手が、俺の髪の毛を掬《すく》い上げる。頬を撫で、首筋を滑り、もう一度頬に戻ってくる。まるで壊れ物に触れるような繊細な指は小刻みに震えていて、雪路の緊張が伝わってくるようだ。

俺は目を閉じ、雪路の指に頬を擦り寄せた。

「好きだよ、雪路」

呟くと、再び口唇が降りてくる。俺は雪路の首筋に手を回し、自分からその体温を求めた。

座ったまま向かい合い、激しく口付ける。口の中を荒々しく動き回る舌に、一瞬、雪路が俺の知らない生き物になってしまったような恐ろしさを覚える。なのに、俺はこの、初めて知る雪路が欲しい。知らない雪路がいるのなら、全てを知りたい。

俺は知らず知らずのうちに激しく興奮していた。身体が熱くなって、もどかしくてたまらず、雪路の首筋に強くしがみ付く。吐き出されない熱が溜まって、のぼせてしまいそうだ。

雪路はキスをしながら俺のTシャツをたくしあげて、素肌に触れてくる。他人に触れられたことのない肌を、雪路の掌《てのひら》が這《は》う。それだけで緊張して、俺は身体を硬くした。

「晴生……」

赤く腫《は》れた雪路の口唇から、籠った声が漏れる。

「……俺、こんなにおまえに、触りたかったんだ……」

自分の衝動に驚いたように、雪路が呟く。

「……俺も」

俺も、知らなかった。雪路にこんなにも興奮すること、自分がこんな欲望を持っていたこと。

「ア……ッ」

わき腹に触れられただけなのに、俺はびくりとして声をあげてしまった。そんな自分に驚いて、内心ひどく慌ててしまう。

俺には経験がない。付き合ったことがあると言っても、一緒に過ごしたり話をしたりする子供同士のそれで、キスだって触れるだけのものを何度かしたことがあるという程度だ。

雪路はしたことがあるだろうか。再び口唇が降りてきて、俺は触れる直前で思い切って聞いた。

「雪路」

「ん……？」

「お、おまえ、やったことある？」

雪路はきょとんとしていた。

「今、聞くか？」

「今聞かなきゃいつ聞くんだよ？」

雪路は少し困った顔をして視線を逸《そ》らせる。

「高校んとき、女いたから」

かなりモテていたのだろうから、予想がつく答えだ。だが俺は無意識に拗《す》ねるような表情をしていたらしい。雪路が言い訳するように言った。

「おまえとは初めてだし」

そういうことではなく、自分に経験がないのに雪路にあるということが、ほんの少し面白くなかっただけだ。

「……俺は、ない」

正直に告げると、雪路の顔がへらりと緩んだ。まさににやけた顔だった。

「おまえってそういう顔もするんだな」

「え、どういう顔した？」

「すごい、やらしい顔」

雪路はバツが悪そうに口唇を尖らせる。

「だって、やっぱりなんか、嬉しいだろ。……つか、かわいい……ていうか」

バカにされたようで、俺は握った拳を雪路の胸にどんっと押しつけた。

その手を引かれ、畳の上に抱きかかえられるようにして、横たえられる。手際の良さに驚いている間に深く口づけをされ、俺も必死に応えた。

雪路は手を止めず、わき腹から腹、胸へとゆっくりと手を這わせる。

心臓が破裂しそうなほどドキドキと高鳴っている。俺ばかりが余裕がなく、あたふたと慌てているのが格好悪いけれど、こんな風に身体に触られるなんて初めてのことなのだ。どういう顔をして、何をしていればいいのかわからない。

雪路の指先が、胸の突起に触れた。親指の先で何度も擦るようにされて、そこがぷつりと勃ち上がる。そんな部分、これまで意識したことすらない。むずむずとした感覚が湧《わ》き上がり、消え入りたいようなもどかしいような、何とも言えない気持ちになった。

「雪路……っ」

耐えられず名前を呼んだ。雪路が何？　という顔で見下ろしてくる。

「そ、そんなとこ、触って、どうすんの」

恥ずかしいのを堪えながら問うと、雪路は平然と言った。

「どうもしないけど、俺が触りたいから触ってる」

「だ、だって、女の子じゃないし」

「晴生の身体だから、触りたい」

言いながら、立ち上がった乳首をきゅっと強く摘《つま》む。

「う……っ」

一瞬の痛みに狼狽《うろた》えていると、今度は指の腹で優しく捏《こ》ねられる。

「ん……」

痛みの反動か、その場所に奇妙な刺激が生まれる。俺は初めての感覚に戸惑いながらも、そこから全身に広がっていく痺れに身体を震わせた。

こんな風になるのは普通のことなのだろうか。乳首に触られているだけなのに、荒くなる呼吸も、漏れる声も、止めることができない。何より、さっきから腰の中心が熱くて、きつくて、焦《じ》れったくてたまらない。

雪路は俺のTシャツを脱がせると、勃ち上がった乳首に顔を寄せてきた。口唇で挟まれ、舌先で突《つつ》かれて、俺はたまらず雪路の髪の毛を摑んだ。

「そ、そんなにしたら……っ」

「なに？」

「へ、変になる……」

雪路はにやりと笑うと、そこを更に舌で転がし、俺が嫌がって身体を捩《よじ》ると、叱りつけるように軽く嚙んだ。

「アァ……ッ」

痛いくらい嚙まれたというのに、摘まれたときの何倍も強い刺激が電気のように全身に走る。震えている俺にかまわず、その後も雪路は、敏感になったそこを嫌というほど舐《ねぶ》った。

「晴生見て。すごい可愛くなってる、おまえのここ」

そんなの、見たくない。

けれどやはり少し気になって、顔を起こしてちらりと自分の薄っぺらい胸を見下ろした。

ついさっきまで、自分にこんな部分があることすら忘れていた乳首は、雪路に執拗《しつよう》にいじられてピンク色になって腫れている。まるで性器みたいだと思った。目にした途端、既に勃起していた俺の中心が、更にビクンと硬く反応した。俺の足の間に太腿《ふともも》を押しつけている雪路も、きっとそれに気付いた。

俺は恥ずかしくて、泣きそうになって、顔をぷいと背けた。

「どうした、晴生」

包み込むような優しい声で問われる。その優しさが、かえって居たたまれない。俺は口唇を噛んだ。

「どうしたんだよ」

宥められ、キスをされる。俺はようやく雪路の目を見た。

「……俺」

「ん……？」

「俺……変じゃない……？」

雪路は何度も瞬《まばた》きを繰り返しながら俺を見つめた。

「そんなとこ触られて、こんなになってんのって、変じゃない……？」

雪路が途端に、とろけそうなほど甘い顔で、優しく微笑《ほほえ》んだ。

「変じゃない。すごい、可愛い」

こんな雪路の顔も、見たことがない。

雪路が変じゃないと言って、そんな顔で笑ってくれるのなら、それでいい。さっきは可愛いと言われると馬鹿にされているようだと思ったのに、今はもう、喜んでいる自分がいる。

抱き合うって、凄いと思った。見たことのない雪路を、たくさん見られる。知らなかった自分にも出会う。

雪路の手がジーンズの前に触れてきた。

そこはさっきから熱く張りつめ、前立てをきつそうに押し上げている。ファスナーを下ろされそうになり、俺は思わず雪路の手を押さえた。もどかしくてたまらなかったはずなのに、いざ雪路の手が触れると、羞恥心《しゅうちしん》が湧き上がってくるのだ。

「……いや？」

嫌じゃない。

けど、恥ずかしい。

「触りたい、晴生」

余裕のない雪路の声に、俺はそろそろと手を離した。

ファスナーを下ろされ、雪路の指が下着越しに触れる。俺のそこは、たったそれだけでさっきよりも更に硬く勃起し、窮屈そうに欲望の形を露《あら》わにしていた。溢れる先走りで、下着がじゅわりと濡《ぬ》れていくのがわかる。そんな姿を雪路の前にさらけ出していると思うと、逃げ出してしまいたくなる。なのに、見られていると思えば思うほど、俺のそこは反応し、濡れていく。

「あ……ッッ」

雪路が敏感な部分をするりと撫でた。そんな触り方はやめて欲しいのに、雪路は意地悪をするように、もう一度、指先で下から上にゆるりと触れる。

いのに。

「お、おまえが、そんな風にするから……ッ」

泣きそうになりながら訴える。本当は、雪路が触れた瞬間からずっと、先走りが止まらな

「晴生、すごい濡れてる」

「う……ッッ」

「ごめんな」

雪路はそう言ったかと思うと、一気に下着を引きずりおろした。濡れた布地の中で窮屈そうに抑え込まれていたものが、勢いよく顔を出す。ピンク色に染まり、今にもはち切れそうになっている俺の昂ぶり。先走りがどっと溢れて、雫《しずく》が自分の腹に垂れるのが見えた。

雪路がそれを掬うようにしながら、俺の剥《む》き出しの性器をざらりと撫でる。

「ア……アッ」

硬い皮膚が、薄く張りつめた括《くび》れをなぞった瞬間、俺はみっともなくも大きく腰を震わせて、再び雪路の手を押さえた。身体中の熱が一気に腰に集まっていく。

「なんで、だめ？」

俺は首を横に振った。

「出、出そう、すぐに、いきそう」

真っ赤な顔で、正直に訴えた。もう、格好なんてつけていられない。触られただけで射精

してしまいそうなのだ。俺の切羽詰まった状態を余所に、雪路がゆっくりと息を吐くのが聞こえた。

「おまえ、可愛すぎるぞ」

うっとりと呟いたかと思うと、雪路は俺の手をはねのけて、あろうことか、今にも堰《せき》が切れそうになっている俺の性器を、口に含んでしまった。

「ひ……ッ、い、雪……路、離し……ッ」

ざらついた雪路の舌が先端を擦った。次の瞬間、俺は雪路の口の中に呆気なく解き放ってしまっていた。

「……あ……ッ……ぁ……ッ」

俺はなすすべなく雪路の口の中に吐き出しながら、おかしなほど腰を痙攣《けいれん》させていた。頭が真っ白になり、経験したこともないような激しい心地よさに襲われ、身体に力が入らない。

「雪、路……ごめ……ごめん……あ、洗ってきて、はやく……」

朦朧《もうろう》としたまま譫言《うわごと》のように呟く。

口の中に出すなんて、最悪なことをしてしまった。大失敗だ。そう思っているのに、身体はまだ恍惚《こうこつ》の余韻を残して、びくびくと震えている。

雪路は俺を腕の中に抱くようにして隣に横たわった。

「なんで謝るんだ？」

「だって、口に……ごめん」

「いいよ、汚くない。飲んだし」

「飲……っ、飲ん……だ」

言い終わらないうちに口唇を塞がれた。青臭い、苦い味が口の中に広がる。

「こういう味だったよ」

雪路は楽しそうに笑っている。

「俺も、限界」

雪路は腰をもぞもぞと動かし、下着ごとジーンズを脱いだ。俺は雪路の股間《こかん》でいきり立っているものを見て、息を飲んだ。俺より太くて、大きい。

自分がされるときは死にそうなほど恥ずかしかったが、雪路の興奮を見ると、触れたくてたまらない。イッたばかりの自分の中心が熱くなるのを感じながらも、俺は雪路の股間に手を伸ばした。

他人の性器に触れるなんて初めてだ。

雪路の勃起は、恐ろしく熱く、どくどくと脈打っていた。限界と言っていた通り、血管を浮き立たせ、熱を漲《みなぎ》らせている。

雪路は熱に浮かされたような顔で俺を見ていた。半開きの口唇が、「擦って」と掠《かす》れ声で呟く。

俺はお返しとばかりに、硬くそそり立つ雪路の欲望を口に含んだ。雪路がこんなにも昂ぶらせているのは、自分に欲情しているからだ。そう思うと嬉しくて、口の中をいっぱいに満たす雪路の分身が、愛しくてたまらない。

どうしたらいいのかよくわからなかったが、自分だったら気持ちがいいと思う部分を舌先で舐《な》めたり、口唇を窄《すぼ》めて上下に擦ったりした。雪路の呼吸が上がり、吐息が忙《せわ》しなくなってくると、感じてくれているのだと思えて、嬉しかった。

口の中の雪路がさらに硬く張りつめ、絶頂が近いのがわかる。そのまま受け止める覚悟をしたのに、直前に引き剝がされてしまった。雪路が上体を起こし、性急に口付けてくる。俺の手を自分の弾《はじ》ける寸前のモノに沿わせると、二人分の手で激しく扱《しご》く。

「……ぅッ」

小さく呻きながら、雪路は俺の手の中に温かい精液を吐き出した。二人でそれを見下ろし、顔を上げ、見つめ合う。

こんなに無防備な雪路の姿。俺は自分の手が、身体だけではなく、雪路の心の奥に触れたような気がした。

「晴生」

濡れて掠れた雪路の声。黒い癖毛に半分覆われた、整った雪路の顔。長い睫毛《まつげ》が何度か瞬きを繰り返し、黒い瞳がうっとりと俺を見つめる。

引き寄せられるように、口付けた。舌同士を絡ませ合いながら、俺は兆しはじめていた自分自身が、再び頭を擡《もた》げるのを感じていた。

目が覚めたとき、俺は雪路の腕の中にいた。雪路が敷いてくれたのか、二人とも布団をかぶっている。時間は朝五時になるところで、部屋はまだ暗く、カーテンの隙間には、ほんのりとした薄い闇が覗いていた。

顔を上げると、無精ひげの生えた雪路の顎《あご》がある。人差し指でそっと触れると、雪路は微妙に顔を動かしたが、相変わらずの寝息を立てている。

昨夜、寝入ったのは何時頃だっただろう。ほとんど一晩中、お互いを触り合っていた。数えきれないほどキスをし、手や口で愛撫《あいぶ》し、何度も吐き出した。

改めて、今自分が雪路の剝き出しの腕や胸に包まれていることを不思議に感じる。ついこの間まで、この男とこんな関係になることなど想像したこともなかったのだ。

だが今思えば、俺は最初からずっと、雪路の特別になりたかった。恋や愛という言葉を当てはめることすら頭になく、ただ自分にとって雪路が大事であるように、雪路にとっての俺もそうでありたいと、心のどこかでずっと思っていた。

重い頭を起こし、雪路の顔を見下ろした。疲れ果てた寝顔は無防備で、安心しきっているように見える。柔らかな感情が胸を満たしていく。

それと同時に、心の底でずっとくすぶっている罪悪感と後悔が、一気に吹き出してくるのを感じていた。

目を閉じると浮かぶ縋るような硅の顔は、こんな風に雪路の側で安らぐ自分の横っ面に、鋭い一撃を浴びせてくる。

「晴生」

呼ばれて目を開けると、いつのまにか雪路が目を覚ましていた。

「起きてたのか」

雪路は包み込むような優しい目で俺を見上げている。

「どうした？」

俺の不安げな表情に気付いたのか、雪路が心配そうに尋ねる。

「なんでもない」

俺は笑顔で答え、雪路の首筋に鼻先を埋《うず》めた。俺の髪の毛をくしゃくしゃと弄《いじ》りながら、雪路がふと言った。

「晴生、俺、学校のことちょっと少し考えてみるわ」

「え？」

顔を上げて、雪路をまじまじと見つめる。

「まだ先生のとこから先に進んでないんだ。説得されててさ」

「え、じゃあ……」

「まだ、どうなるかわかんないけどな。昨日おまえに正直に話したら……ちょっと冷静になれた気がする。もう少し、考えてみる」

雪路はゆっくりと力強く言って、頷いた。

雪路も、考えて、選ぼうとしている。

俺も、答えを出さなければならなかった。いや、本当は最初から出ていた答えだった。傷つきたくないばかりに、自分だけを守り、好きだと言ってくれる人を、ひどく傷つけてしまう。俺は、自分の汚さを、嫌というほど見た。

だが、これが俺だった。俺は特別優しくもないし、人間ができているわけでもない。ただの臆病者だ。たくさんのものを同時に受け入れることはできない。

ただ一つだけ、欲しいものがある。守りたいものがある。

「俺、今のバイト、辞めるよ」

はっきりと言った俺に、雪路の目は優しかった。俺を抱き寄せ、額に口唇を押しつけると、「そうか」と短く呟く。何もかもわかっている、と言ってくれているような温かさに、俺は胸がぎゅっと引き絞られるような気持ちになった。

俺は雪路を守りたかった。

守ると言ったって、俺なんかにできることはきっと数えるほどもないだろう。だが、雪路の側にいてやることはできる。疲れたときに抱き締めてやること、もしも助けてくれと言われたら全力で頷いてやること。自分のできる限りで雪路に応えること。

そのために、強くなりたかった。逃げてはいけない。自分の心に正直になるということは、誰かを傷つけることもあるということだ。ずるい奴だと、残酷な奴だと罵《ののし》られてもいい。

俺は今、はっきりと心に決めていた。

雪路の隣で、雪路と一緒に、歩いていきたい。


八月初旬、外には午後の日差しが強く照りつけている。上がるばかりの気温に、うんざりするほどの湿気。窓を開けた部屋で背中にじんわりと汗を掻きながら、俺は携帯をしまい、ふうと息をついた。

たった今、硅の母親に、アルバイトを辞めたいと告げた。

俺の意気込みに反して、硅の母親はあっさりとしたものだった。驚くでもなく、残念がるでもない。素っ気ない反応に多少戸惑いながらも、突然辞めることを謝り、最後の授業の日を伝えて電話を切った。

本当は、他にも話したいことが色々あったのだ。だが、会って話をした方がいいと思った。

最後の日はできるだけお会いしたいということだけは伝えておいた。

開け放した窓からはぬるい風が吹き込んでくる。扇風機の風などは完全に外の熱気に負けていた。すぐ近くから聞こえる蟬《せみ》の声は、誰かの悲鳴のようだ。

俺は額の汗を拭い、ふと窓の下を見下ろした。アパートの壁沿いの植木の横に、人影がある。その顔を見た途端、俺は全身の汗が、すぅっと引いていくような感覚に襲われた。

「硅……」

「ハルオ！」

硅は俺と目が合うと、硬かった表情を一気に緩めて、切れ長の目を細めて笑った。嬉しそうな笑顔に、俺はごくりと息を飲んだ。

一瞬、辞めることを知って反対しに来たのかと思ったが、電話を入れたのはたった今だ。硅がそれを知っているはずはない。

タイミングの悪さに、俺は絶望的な気持ちになった。

だが、もう逃げるわけにはいかない。

俺は部屋から出て、硅の元まで下りた。硅ははにかむように笑っている。

「聞いてた住所見て、ここかなと思って」

俺の硬い表情をどう受け取ったのか、硅は焦ったように言葉を継ぐ。

「突然ごめん。……けど、どうしても顔が見たかったんだ。見たらすぐ帰ろうと思ってたし」

硅は機嫌を窺《うかが》うように言った。

「……ハルオ？　怒ってる？」

返事をしない俺に、少しずつ不安に染まる硅の表情。俺は汗ばむ両手を何度も握り直した。

「やっぱいきなり来てキモいよな、ごめん。帰……」

「いや、そうじゃない」

俺は詰めていた息を吐き出し、ようやく言った。

「硅、ごめんな」

「……なにが？　なんで謝るの」

焼かれるような日差しの下、硅の不安気な声が心に突き刺さる。

顔にも素足にも、太陽は容赦なく照りつける。汗を掻いているのに、掌は徐々に冷たくなっていく。俺は乾いた口唇を舐めた。

「俺、バイト辞める」

硅は一瞬、何を言われているのかわからないという顔で、呆然としていた。

「え、何……？」

「硅の家庭教師を、辞めるんだよ」

「……本気？」

「うん」

硅は見る間に表情を険しくした。

「……なんで」

「……もう、おまえの側にいられないと思ったんだ」

「何、なんでいきなり？　俺が嫌いになったのか」

「違う」

「じゃあなんで」

強張った硅の声が、耳に痛い。

「嫌いじゃないなら、なんでだよ？　俺が、こないだ強引なことしたから？　俺が我慢できなかったからだろ、嫌がってたもんな、ハルオ。だったらもうしない、絶対にしない」

耳を塞いでしまいたい。だがここで塞いだら俺は今までと同じだ。

「硅、そういうことじゃないんだよ」

「じゃあ何！　だって、一緒に勉強しようって、大学行こうって言ったじゃん」

そうだ、確かにそう言った。一緒に頑張ろうと言った。その気持ちに偽りはなかった。

だが結局は、嘘をついたのと同じことだ。

硅はそれきり、黙ってしまった。

沈黙の中、横の道路を車が二台通り過ぎた。車のエンジン音と、蟬の声だけが耳に残る。

「硅。これまで黙ってて……ちゃんと返事をしなくてごめん。俺、本当は、他に好きな奴が

「……」

「うるせぇッ」

激しく怒鳴って、硅は俺に背を向けた。大きな背中が震えている。

「聞きたくない。……あんたの言うことなんか」

硅は吐き捨てるように言うと、そのまま駆け出した。俺はなすすべなく、小さくなる硅の後ろ姿を見つめていた。


部屋に入ると、硅は机の前に座ったままこちらに背中を向けていた。

真夏の午前中、外は既に燃えるような暑さだが、硅の家は今日も、冷房が効いて涼しかった。

「おはよう、硅」

返事はない。怒りに満ちた背中に尻込みしそうになりながらも、俺は心で気合を入れ直した。

今日は、硅と会える最後の日だ。俺は今日で、硅の家庭教師を辞める。

気を取り直し、いつものように机の隣に腰かけると、俺は鞄の中から、準備してきた数冊のノートを出した。

「硅が苦手なところを、俺なりに纏《まと》めたんだ」

各教科ごとに、これまで教えてきて硅が苦手だと感じた部分と、それを踏まえて二学期の勉強の役に立つように、重要な点をノートに纏めたものだった。辞めると決めた日から今日までに、何とか纏めきった。

硅は頰杖《ほおづえ》をついたまま俺から顔を背け、ちらともこちらを見ない。

「数学はこれ。数Ⅰがやっぱり大事だから、数Ⅰの基礎を纏めておいたよ。これが理解できてないと数Ⅱはわからないから。あと英語は文法。教科書とか参考書にも載ってるけど、俺が特に大事だと思ってるところを纏めておいた。こっちは古文で……」

俺は硅の後ろ頭に向けて一つ一つ説明した。硅の耳に、少しでも届いていればいいと思いながら。

一通りノートの説明をすると、俺は用意してきた大学の資料を出した。

「これから硅の学力がどれだけ上がるかはわからないし、今より少し頑張る必要はあるけど、高すぎる目標でもないと思ってる大学を幾つか調べてみたんだ。役に立たないかもしれないけど、ないよりはあった方がいいかなと思って。あと……これ、俺が受験勉強のときに使ってた参考書とノート。変な落書きがあったらスルーして。でも、役立つ部分もあると思うし」

頰杖をついた硅の手に、力が籠るのがわかった。俺は続けた。

「いらなかったら、捨てていいから」

硅が突然こちらを振り向いた。かと思うと、机の上に並べたノートや参考書、資料を一気になぎ払ってしまう。

「こんなもん、いらねぇッ！」

硅は真っ赤な顔で激しく叫んだ。見つめてくる瞳には、怒りと思慕がはっきりと入り交じっている。

俺は怯みそうになりながらも、床に散らばったノートや資料を一つずつ拾った。机の足下に纏めて置き、硅を見上げた。

「硅、途中で逃げ出して、ごめんな」

硅は再び顔を背けてしまう。噛み締められた口唇が震えるのが見えた。

「俺、ダメな奴だろ。嫌な奴だよな。……ほんと、偉そうなこと言えないな。……けど、硅に踏ん張って欲しいと思ってるんだ」

俺は立ち上がり、頑《かたく》なに背けられた横顔に向かって言った。

「硅、大学、行けよ。……もちろん、行かなくたっていいんだ、本当は。けど、行ける環境にあって、やりたいことがあるなら……それがどんなことでも、今より少し頑張ってみて欲しいって思う。後で後悔しないように」

俺は、当たり前のように進学したし、その他の選択を考えたことはなかった。けれど今は、その環境にあったことを、感謝している。選択肢がたくさんあるということは、それだけで、凄いことだ。

　硅は俺に、夢を語ってくれた。

もしそれが実現しなくても、実現させようと努力することは、きっと硅の力になると思った。

「大学に行ったらさ、きっとたくさんの人に会うよ。ほんと、色んな人がいるから。……今学校がつまんなくても、勉強に飽きても、一人ぼっちだと思っても、きっと、絶対に、硅が自分をさらけ出せる相手や、硅を理解してくれる人は、どこかに必ずいるから。そしたらそこが、硅の大事な場所になるから」

　硅の口唇の端が、泣きそうに歪む。俺は歯を食いしばった。泣かないように、口の中をぎゅっと噛んだ。

「お母さんに、挨拶《あいさつ》してくるな」

　ダイニングに降りると、母親は以前より随分やつれた顔でテーブルに座っていた。紅茶を出してくれたが、心ここにあらずといった様子で、ぼんやりとしている。

　俺は改めて、これまで世話になったということと、突然辞めることを許して欲しいということを話した。

　それから、どうしても言っておきたい、硅のこと。

「硅くんの成績は、すごく良くなったんです。一学期の成績をごらんになりましたか？　一年のときと比べると、全部上がってます。それに、本人には大学受験の意志があります」

「……そうですか」

聞いているのかいないのか、覇気のない返事を繰り返していた母親が、大学という言葉を出したときだけ少し驚いたような顔で視線を上げた。

「どうか、硅くんの気持ちを、聞いてあげてください。硅くんは目標に向かって頑張れる性格なので、僕はきっと、進学できると思います」

俺は硅と、受験まで一緒に勉強したかった。何にもやる気が出なかったという硅が、大学に行きたいと言うまでになったのだ。せめてその助けをしてやりたいと思った。

けれど、それは俺の勝手な言い分だ。

硅の気持ちに応えられない俺は、硅の側にいるべきではない。硅のために、そして何より自分と、自分の大事な人のために。

話が終わり、最後にもう一度硅の部屋に上がった。

硅はベッドに寝転がって、じっとしていた。仰向《あおむ》けになって、腕で顔を隠している。

「硅」

名前を呼ぶと、顔を覆っていた腕にぐっと力を入れて、拳を握り締める。

何かを言おうかと思ったが、もう俺に言えることは何もない。ここから立ち去る以外に、できることもなかった。

「俺、もう行くな」

部屋から出ようとした瞬間に、喉が引き攣《つ》れるような音が聞こえた。思わず振り向くと、硅の腕の下から流れて伝うものが見えた。

「ひでーよ……」

嗚咽《おえつ》と共に聞こえた、搾り出すような声。

硅は泣いていた。子供みたいに鼻水を垂らし、歯を食い縛って身体を小刻みに揺らしている。

ごめん、硅。

駆け寄って、縋りついてそう謝りたかった。震える硅の肩を抱いて、涙を拭ってやりたかった。

けれど、できない。

それは絶対に、してはならないのだ。

俺はちりちりと痛む目の奥に力を入れ、震えそうになる喉に力を入れた。

「硅、さよなら」

そのまま、早足で振り切るように硅の部屋を出た。

外は一気に気温を上げていた。太陽の光が、俺を責めるように激しく照り付ける。

自転車に跨ってはみたが、なかなか漕ぎ出すことができない。硅の消えそうな声に背中をがっつり摑まれているようだ。

だが、ここに立ち止まっているわけにはいかない。

俺は改めて硅の家を振り返った。周りの家より一回り大きな、立派な家。硅が大学に入るまで過ごすのだろうこの家が、硅にとって少しでも、安らぐ場所になりますように。

前を向き、力を込めてペダルを踏んだとき、頭上でがらりと窓の開く音がした。思わず二階を見上げると、硅がこちらを見下ろしている。真っ赤な目を見開いて、俺を睨んでいた。口元はきゅっと引き結ばれ、涙を堪えようとしているみたいだ。

「……だ」

硅の口唇が動いた。が、何を言ったのかはっきり聞こえない。

「け……」

「あんたなんか、嫌いだ」

今度ははっきりと聞こえた。

「もう、好きでもなんでもねえからっ！」

大声で叫んで、硅は口唇を震わせた。言葉と裏腹に、硅の視線は縋りつくように俺から離れない。

俺は引き攣る口元を何とか引き上げて、硅に向かって微笑んだ。

「うん」

無言のまま数秒見つめ合った。実際には一瞬だったのかもしれないが、俺には長く感じられた数秒。硅はぎゅっと目を閉じ、ぴしゃりと窓を閉めた。

俺は今度こそ、自転車を漕ぎ出した。泣かないように、歯を食い縛る。

俺は絶対に泣いてはいけなかった。自分が悲劇の主人公になってはいけない。

そして、あの歳下の男にしたことを、絶対に忘れない。最後に俺を嫌いだと言ってくれた硅のあの顔を、涙を、しっかりと記憶の底に焼き付ける。

もう二度と通うことのない道を、俺はひたすら漕いだ。通い慣れた街並みに、強い日差しがぎらぎらと照りつける。頭上で鳴き続ける蟬の声は、やはり誰かの泣き声のようだった。


沈む太陽が、街並みをオレンジ色に照らしている。激しく照りつけていた日差しも、焼けるような熱気も弱まった夕暮れ、俺は自転車を走らせ、初めての街を訪れていた。

住宅街を抜け、倉庫や工場の建ち並ぶ工業団地の中に、雪路が働き始めた運送会社があった。緑のフェンスに囲まれた広い駐車場の中に、トラックが数台停まっているのが見える。水が撒《ま》かれた道路から、アスファルトの匂いが立ち上っていた。

俺は出入り口のフェンスに凭れて、夕焼けに染まる空を見上げた。淡いピンク色の雲が棚引き、幻想的で綺麗だ。緩やかな風が、Tシャツから覗いた腕をさらりと撫でていった。

背後に足音が聞こえ、勇んで振り向いてみたが、出てきたのは知らない男だった。俺は再びフェンスに背中を預けた。

俺の家からここまで、自転車で三十分と少しかかった。ということは、雪路の下宿からなら四、五十分かかるのではないだろうか。雪路ならそれくらいの距離は物ともせず通うだろうが、俺の家から通った方がきっと楽だ、などと、つらつらと考える。

「お疲れっしたー」

背後で複数の足音と声が聞こえた。その中に、聞き覚えのある甘い声を見つける。俺は背筋を伸ばし、少し緊張しながら振り向いた。

雪路は、同じ紺色の作業服を着た先輩らしき数人に頭を下げて別れると、一人自転車を押しながらこちらに向かって歩いてくる。

「雪路」

俺に気付くと、雪路は目を丸くして驚いた。

「晴生？　あれ、俺そっち行くって言っただろ？」

「うん、そうだけど。迎えに来てみた」

「なんだよ、こんなとこまで来なくてもいいのに」

そんなことを言いながらも、雪路はどこか嬉しそうだ。

口唇の端をはにかむように緩め、雪路が笑う。照れくさそうな顔に、何故か俺も気恥ずかしくなった。

「帰ろう?」

「ああ」

夕暮れの道を、雪路と並んで自転車を押しながら、しばらく歩く。

工業団地は静かだった。この時間にはあまりトラックの行き交いがないのか、周りの倉庫もすでにひっそりとしている。

隣を歩く雪路は、紺色の作業ズボンに白いTシャツというスタイルだ。肩からかけた汚れたタオルは、一日働いた証《あかし》に感じられた。

「どう? 仕事」

「ああ、まだ始めたばっかりだし、今は主に雑用だな。もう少ししたら免許取りに通わせてくれるらしい」

「おお、よかったじゃん」

「うん、まあそれがあったからここにしたようなもんだし」

雪路は他のアルバイトを全て辞めて、この運送会社に就職した。短距離ドライバーとして働くために、免許も取らせてくれるらしい。

学校のことは随分悩んだ挙句、休学することになった。担当の指導教員との間で、その選択肢を出されたという。

「なんか、結論を先延ばしにしてるだけみたいに思わないこともないけどな。今は俺、どうしても働くことの方が重要に思えるし、学校には行けない。けど、この先、俺の状況や考えが、変わるかもしれない。……変わらないかもしれない。とにかく、落ち着いて生活できるようになるまでは、大学にいさせてもらうことにした」

雪路が、揺らがない瞳でそう話してくれたのは一週間ほど前のことだ。そのときは既に就職先も決めていて、雪路はどこかずっしりと腰の据わった、晴れやかな顔をしていた。

俺は、学校を辞めるという雪路に、置いて行かれる気がして寂しかった。自分の道を自分で進もうとしている雪路が、もう手の届かないところに行ってしまう気がして、そのことに何より戸惑っていたのだ。

だが今は、雪路が考えて決めたことなら、どんな結論でも応援するつもりだった。雪路がどんな答えを出して、どの場所にいようとも、俺は雪路の側にいる。一人で遠くへなんて、行かせるつもりはなかった。

「俺も、新しいバイト探さなきゃな」

昨日もパラパラ見ていたバイト情報誌のことを思い出しながら呟く。特に希望の職種はないが、家庭教師だけはもうする気にならない。

「いいとこが見つかるといいな」

雪路は夕焼けの空を眺めながら言う。

前のバイト先のことについては、何も聞かれていなかった。ただ心配はしていたのか、辞めたことを伝えたときは、ホッとしていたように見えた。

夕暮れは少しずつ濃くなり、ピンク色だった空に藍色が差してくる。静かな工業団地に、穏やかな夜が訪れようとしていた。

「雪路」

「ん？」

「一緒に、暮らそ」

雪路がふと足を止めた。何か言われる前にと、俺は焦るように言葉を継いだ。

「俺はもう決めたから。おまえが何言っても、もう絶対に一緒に住むし」

俺は乾いた口唇を何度も舐めた。

これを言うために、今日は意気込んで、わざわざ仕事帰りに不意打ちしたのだ。

俺は立ち止まったままの雪路を置いて、さっさと先へ進んだ。

「その代わり、部屋代も食費も、全部半分ずつ。家事とか食事とかは当番制。けど、おまえが疲れてるときは、俺が代わってやってもいい。俺は学校に行くし、レポートの邪魔とかしたら怒るから。そういうときは、おまえが疲れたとか言っても、代わってやらない」

だから、それなら、いいだろ？

「晴生……」

「い、言っとくけど、おまえのためだけじゃないから。俺が……一緒にいたいからだ。……

雪路と一緒に、いたいんだ」

俺は必死に前へ踏み出していた足を止め、背後にいる雪路を振り向いた。

雪路の肩は、決してがっしりしているわけじゃない。体格だって俺とほとんど変わらず痩せている。けれど、そこに圧《の》し掛かっているものはひどく大きく、重い。雪路が黙って当たり前のように背負っているそれを、俺が代わりに持つことはできないし、雪路だってそんなことは望んでいない。

けれど、せめて、側にいたい。

雪路の側にいたい。

雪路が、ゆっくり歩いて俺に近づいてくる。隣まで来ると、引き結んだ口唇をふっと和らげた。泣き笑いみたいな顔をしている。

「うん……」

小さく頷いた。

「ありがとな」

泣きそうだ。胸が熱い。

夕日はいつのまにか落ち、辺りは薄闇に包まれようとしている。

俺は、歩き出した雪路の、精悍《せいかん》な横顔を眺めた。出会った頃よりも少し、いや随分大人びた。埃《ほこり》にまみれているけれど、あの頃よりもっと、格好いいよ、雪路。

太陽の名残が少しずつ消えようとしていく中、俺は雪路の隣を歩いた。いつまでもこのまま、歩いていたいと思った。

Tシャツを脱ぐ。

部屋の電気はやはり消えていた。

時計は深夜二時半を指している。バイトが終わって帰り支度をして、どんなに急いで自転車を走らせても、アパートに着いたらこの時間だ。

俺は古いアパートのドアを開けて、音をさせないようにゆっくり部屋に上がった。すぐ側の台所には電球の明かりがほんのりと灯《とも》っている。俺が帰ってくるときに転げないようにと、雪路《ゆきみち》が点《つ》けてくれているのだ。

そっと奥の部屋を覗《のぞ》き見ると、雪路は狭いベッドで丸まって眠っていた。俺がずっと使っていたシングルベッドは、二人で寝るには狭くて暑い。だが、今のところ買い換える予定はなかった。

十月ももうすぐ終わるという時期、夜は肌寒くなったというのに、雪路は未だに暑がって、かけているものを全て剝《は》いでしまう。今日もぐしゃぐしゃにした毛布は、雪路の足の間に全て挟まれていた。かけ直してやろうかと思ったが、起きてしまうといけないので、やめておく。

伸び放題の黒い髪に隠れた寝顔を覗き込む。疲れているのだろう、雪路はぴくりとも動かず深い寝息を立てていた。

この部屋に二人で越してきてから、もうすぐ二か月が経《た》つ。

一緒に暮らすことを決めたとき、やはり、俺のワンルームでは狭すぎるという話になった。

安い物件があるかもしれないから探すだけ探してみようということになり、一軒目の不動産屋で、この古くて安いアパートを見つけた。

畳の部屋が二部屋ついたこの木造アパートは、築三十五年と相当な年代物だが、家賃が激安だし、お互いの職場や学校にも通い易い距離だった。

確かに、外観や内装はかなり古い。擦りガラスの引き戸や畳など、内装はいかにも昭和といった感じだし、木製のドアの隅はボロボロに禿《は》げ、壁は黄ばんでいる。窓の建てつけも悪い。

だが、その全ては小さいことだ。

何故《なぜ》ならここには、雪路がいる。雪路と一緒に暮らせるというだけで、この部屋は俺にとって大事な安らぎの場所だった。ちなみに雪路も、今まで住んでいた下宿よりはどこでもマシだと言って、この部屋をとても気に入っている。

雪路がいるだけで安らぐ場所。

確かにそうには違いないのだが、俺は若干の寂しさを感じていた。

何故なら一緒に暮らしているというのに、顔を合わせる時間がない。二人でゆっくり過ごした夜など、数えるくらいしかないのだ。

俺は家庭教師のアルバイトを辞めてから、学校に近いのとシフトの自由が利くのと時給が結構よかったのとで、カラオケ屋で働き始めていた。

だが、これが間違いだったのだ。

当初は深夜のシフトは週に一回ほどの約束で、昼間や夕方など、バランスよく入る予定だった。だが、実際出されたシフト表には、ほとんど毎日のように夕方から深夜までに俺の名前が入っていた。シフトは大体バイト同士で決めているらしく、古株と要領のいい連中が真っ先に人気の時間帯を奪っていく。新人だからと、ここぞとばかりに無茶なシフトを押しつけられ、俺は今のところそれに逆らえないでいた。

対して、運送会社で近距離ドライバーをしている雪路の朝は、とにかく早い。この時間に起きていれば明日の仕事に響いてしまう。俺がバイトから帰ってくれば雪路は眠っているし、朝起きれば仕事に出かけた後だ。雪路の休みは週に二日あるが、俺は平日学校だし、その後も大抵バイトが入っている。運が悪ければ、一週間ほとんど会話をしないという日もあるくらいだ。

社会人と学生という立場を考えれば多少は仕方がないとは思う。だが、まさかここまで擦れ違ってしまうとは思っていなかった。面と向かって言ったことはないが、本音は寂しいし、少しくらい声が聞きたいと思ってしまう。

相変わらず深く眠っている雪路は、さっきと同じスタイルのまま、目を開く様子もない。

俺は小さくため息をついて、シャワーに向かった。

古いとはいえ、浴室だけは最近改装したのか、比較的新しい風呂とシャワーが付いている。

これだけは助かるなと思いながら、熱い湯を浴びて息をつく。

頭を洗っていると、自然と自分の下半身に目が留まった。萎《な》えた中心が何だか寂しそうに項垂《うなだ》れて見えるのは、恋人と暮らしているというのに、一向に触れられる機会が訪れないからだろうか。

雪路と友達以上の関係になってからこれまで、抱き合ったのはたったの二回だ。初めてのときと、引っ越した日の夜にこの部屋で一度抜き合った。

それで、全てだ。

ふた月以上付き合っているというのに、幾ら何でも寂しすぎる。

顔を合わせる機会が少ないのだから、当然と言えば当然だ。だが俺は、雪路ともっとキスをしたかったし、抱き合いたかった。正直を言えば、もっと深い関係にもなりたい。

初めてのときは何がなんだかわからなかったし、準備もしておらず、知識もなかった。緊張と興奮で触られるだけでおかしなほど動揺して、とてもその先のことなど考えられる状態ではなかったが、さすがに時間が経ったのだから、調べる時間もあるし、気持ちの準備だって整う。

不思議なことに、雪路とこうなる前は男と抱き合うなんて想像も、意識したことすらなかったはずなのに、たった一歩踏み込んだだけで、それは自分の日常になってしまう。セックスの相手というと、当たり前のように雪路の顔が思い浮かぶ。価値観や常識が、こんな風にあっさりと変わってしまうなんて知らなかった。

雪路が俺を変えてしまったんだと思う。戸惑いよりも、雪路と一緒にいたいという気持ちが先にくる。考えるよりも前に、雪路とキスしたいとか、抱き合いたいとか、自分でもびっくりするくらい直接的に思ってしまう。

はっきり言って、欲求不満だ。

シャワーから出ると、雪路はさっきと反対に壁側を向いて丸くなっていた。足元で丸まっている毛布を雪路の上に掛け直してやってから、俺は少しだけカーテンを開け、静かに雪路の横に滑り込んだ。

カーテンの隙間《すきま》から外灯の明かりが入り込んで、雪路の彫りの深い顔を照らし出す。

「雪路……」

雪路の鼻先で囁《ささや》いてみた。無精髭《ぶしょうひげ》の伸びた骨ばった顎《あご》と、その下の突き出た喉仏《のどぼとけ》を、指先でなぞってみる。雪路が鬱陶《うっとう》しそうに顔を振るのにも構わず、しつこく触っていると、閉じていた目が突然ぱちっと開いた。俺は咄嗟《とっさ》に雪路から指を離した。

「晴生《はるお》」

寝惚《ねぼ》けた声で雪路が呟《つぶや》く。

起きても構わないと思いながら悪戯《いたずら》していたのだが、実際に起こしてしまうと凄《すご》い罪悪感だ。

「起きた？」

自分で起こしたというのに、我ながら白々しい。内心焦っている俺に対して、雪路は未だ寝ぼけた顔をしている。

「疲れてる？」

雪路は僅《わず》かに首を傾《かし》げると、俺の腰に腕を回してきた。ぐいと引き寄せられ、あっという間に体勢が入れ替わる。上に乗ってきた雪路の身体《からだ》の重みが嬉《うれ》しかった。重なる身体の中心は、お互いに硬く勃ち上がっている。寝起きの雪路はともかくも、身体を密着させただけなのにあからさまに反応している自分が、恥ずかしいほどだ。

腕の中に囲い込まれるような体勢で、深いキスをされた。絡ませた分厚い舌の感触に、俺は身体中《からだじゅう》が痺《しび》れたようになって、吐息を熱くしてしまう。キスはもう何度かしたというのに、未だに自分でも情けないほどに翻弄《ほんろう》される。ぼんやりしそうになるのを必死に堪《こら》え、俺は雪路のハーフパンツの上から、硬い股間《こかん》を撫《な》でた。

雪路は俺の喉元から鎖骨にかけて、啄《つい》ばむように触れながら、時折強く吸い付いてくる。髪の毛からはフルーティーなシャンプーの香りがするのに、喉に当たるのはざりざりとした髭の感触で、そのギャップにさらに興奮を煽《あお》られる。雪路が触れた部分、全てが喜んで、敏感になっているのがわかる。

「雪路……」

気が急《せ》いて、俺は雪路の下着の中に手を突っ込んだ。直《じか》に触ろうとしたとき、雪路の頭がずるっと俺の横に落ちてきた。

「雪路……?」

のし掛かっていた体重が、いきなり重くなった。雪路はぴくりとも動かない。まさかと思いながらも身体の下から何とか抜け出すと、雪路の身体は人形みたいにごろんとベッドに転がった。

「……ウソ」

雪路はすうすうと寝息を立てている。目覚める気配もなかった。

「信じられない……」

俺は唖然《あぜん》として、幸せそうな雪路の寝顔を見下ろした。

こんなことってアリなのか?

寝ぼけていただけだったのか?

途中で放り出された俺は、盛り上がった気持ちの持って行き場がない。悔しいやら情けないやらで、雪路の寝顔を睨《にら》んだまましばらく呆気《あっけ》に取られていたが、それも長いことは続かなかった。

雪路は疲れているのだ。無理矢理起こしてしまった自分が悪い。

俺は勃起したままの自身を見下ろした。こうなってしまっては簡単には萎えてくれない。

このまま雪路の側で一人きりで処理するなんて幾らなんでも虚《むな》しいし、放っておくのもつら

い。俺は仕方なく浴室に向かった。恋人がすぐそこにいるというのに、浴室に籠《こも》って一人で抜いている姿というのもかなり情けないと思いながら。

一緒に暮らしているとはいえ、これほどすれ違いが続くと、考えたくないことが頭に浮かぶ。

俺は、雪路の側にいることで、何か役に立っているのだろうか。

雪路の力になりたいと思っていたけれど、何より、話す暇もない。雪路が今何を考えているかわからないし、そもそも、俺と暮らしていることで、プラスになっていることがあるのだろうか。金銭的な助けにはなれているかもしれないが、所詮《しょせん》俺は学生で、できることには限りがある。

恋人だと言っても、恋人らしいことすら何一つしていない。

俺って雪路の、何なのかな。

そんなことを考えていると、扱《しご》くまでもなく、俺の中心は萎えてくれた。

俺は浴槽の縁に腰掛け、肩を落とした。浴室の床に下ろした素足がやけに白く、頼りなく見えた。

隣の部屋から人の気配がすると気付いた瞬間、俺はがばっとベッドに身体を起こした。寝癖でぼさぼさの髪の毛もそのままに隣を覗くと、雪路がテーブルに座ってコーヒーを飲んでいる。

「おお、おはよ」

「雪路……？　仕事は？」

「休みだよ。言ってなかったっけ」

「い、言ってねえよっ！」

あまりに驚いて、つい大声になる。

「わりい、言ったつもりだった」

雪路はしらっと答えるが、今日は土曜日で、俺もバイトが休みなのだ。

見ると、テーブルにはトーストにオムレツの朝食が一人分用意されている。

「作ったの？」

「ああ、休みの日くらいはな」

普段はお互い、朝食は適当だ。あるものを腹に詰め込むという感じだから、こんな朝食らしい朝食なんてどれくらいぶりだろう。

俺はワクワクしながらトーストを頰張《ほおば》った。綺麗な楕円形のオムレツを突《つつ》き、牛乳入りのコーヒーを飲む。雪路は先に食べたらしい。

「何時ごろ起きた？」

「八時くらいかな」

「早いじゃん」

「早く寝てるからな。おまえこそ意外に早く起きたな」

いつも起きるのは昼前くらいだから、それに比べれば二時間ばかり早かった。きっと部屋に雪路の気配がしていたからだと思う。

俺は雪路を上目使いに見た。

「今日、用事とかあんの？」

一応聞いてみる。

「いや、特にはない」

「ほんと？」

「ああ」

自然と顔が綻《ほころ》ぶ。やはり、今日は雪路と一日一緒にいられるらしい。ニヤニヤしながらコーヒーを飲んでいると、ふと雪路と目が合った。雪路は途端に目を逸《そ》らす。何だか変な反応だなと思ったが、浮かれていたのであまり気にならなかった。

「じゃあ、今日どうする？　どっか行く？　うちでだらだらしてんのもいいよな、遊びに行くのもいいけど！」

ついはしゃいでいると、雪路がまた俺を見て、すぐに視線を逸らす。

「なんだよ？」

「……あのさ」

「なに」

「……もうちょっとで美香《みか》の誕生日なんだよな」

「え！」

「おまえ、女の子の欲しいものってわかる？」

「え、わからない！」

「去年はまだあいつ、小四だったじゃん。子供っぽかったんだけど、最近はなんか、女女したものが好きらしいんだよな」

女女したものとはなんだろう。

もの凄く謎だが、それは一大事だ。

「じゃあちょうどいいじゃん！　買いに行こう？」

雪路は緊張が解けたように胸を撫で下ろし、ああ、と頷《うなず》く。

というか、何故そんなに恥ずかしそうに言うのかわからない。妹の女らしい誕生日プレゼントを一緒に選んでくれというだけのことが言い難《にく》かったらしい雪路が、とんでもなく可愛らしく思えてしまった。

二人で出かけるのも二か月ぶりだ。引っ越す直前、夏休みの終わりに、准《じゅん》と美香をプールに連れて行ってやった、あれが最後だった。

あのとき、美香と准を前にして、俺は複雑な気分を味わっていた。雪路と俺との関係は、今までとは変わってしまった。彼らがお兄ちゃん、と雪路に懐くのを目にする度、ほんの少しの後ろめたさを覚えてしまったことは、勿論《もちろん》雪路には言えなかった。

そして今日は、その美香の誕生日プレゼントを買うという大事な使命がある。

「本とか？」

俺の提案に、雪路は若干呆《あき》れたように眉間《みけん》に皺《しわ》を寄せた。

「え、おかしい？」

「本なんかおまえ、読むのかよ普通」

「え、読むだろ？　美香ちゃん読まないのか？」

「マンガとかなら読んでんの見たけど、なんかもっとあるだろ、他に」

「うーん……じゃあマンガで歴史の勉強できるヤツは？　小学生向けのがあるじゃん、あれなら役立つんじゃない？　揃えると高いのかなあ。あ、文房具だったら色々あるよ、今って便利なのがいっぱいあるし、蛍光ペンとかノートとかさ」

「……おまえなあ」

「電子辞書とか？」

「どこが女っぽいんだよ。つか、どんだけ勉強したいんだおまえは」

「え!?」

「勉強から離れてくれ」

雪路の雑なひと言に、俺は小さくショックを受けた。言われるまで勉強に関することだと気付いていなかったからだ。

「……俺ってひょっとして、勉強するの好きなのかな」

「今頃気付いてんのかよ?」

更に呆れた顔をされ、俺はふてくされた。

「んじゃ何がいいんだよ、わかんないし俺」

どうも俺の意見は的外れらしい。俺は拗《す》ねるように口唇《こうしん》を尖《とが》らせた。

俺たちは街まで出る電車の中で、プレゼントの内容について散々言いあった。だが案の定、これといった意見は出ない。

小学五年生が喜ぶ女らしいプレゼント。親しい女友達などいない俺たちにとって、これは難問だ。とにかくさっぱり見当がつかない。学校に行けば女子がいるから聞くこともできるだろうが、休みの日にわざわざ聞けるような相手はお互いに一人も持ってなかった。

「女だしさあ、キラキラしたもんのがいいんじゃねえの? おまえちょっと調べてよ、携帯で」

言われるまま携帯で調べたところ、出てきたのはキャラクターグッズ、バッグ、化粧品といったところだった。

「キャラクターって何のだろうなあ。美香ちゃん何が好きなの？」

「あー……なんかクマがついてるのよく持ってる気がしないでもない」

「バッグ、財布、化粧品……」

「そんなのまだ早い」

雪路は食い気味に俺の言葉を遮った。

「子供の用の化粧品っていうのがあるんだってさ」

「早いって。とにかく化粧品は絶対にダメ」

憮然《ぶぜん》と言い放った雪路に、俺は笑ってしまった。やっぱりちょっと、兄バカだよな。

　結局はっきり決まらないまま繁華街まで出た俺たちは、まずよく見る大きな雑貨ショップに向かった。外から眺めたことはあるが、用事がないので中まで入ったことがない。洒落《しゃれ》た雰囲気は少し大人っぽすぎるかもしれないが、女の子が好きそうではある。何となく敷居の高さを感じながら店内に入ると、中はレースやドット、花柄のオンパレードだった。その華やかな雰囲気に圧倒され、俺たちは店内をぶらりと一周して、すぐに出入り口まで戻ってきてしまった。そのまま無言で店を出てしまい、お互い顔を見合わせる。借りてきた猫みたいな顔をした雪路にぷっと噴き出すと、雪路の方でも同時に笑った。

「おまえ、このくらいで緊張すんなよ」

「おまえだってしてるじゃん！」

自分の硬い顔を棚に上げてよく言うよ。

結局その華やかな雑貨ショップは諦《あきら》めて、違う店に行った。が、そこでも大した収穫はなく、見るともなしにぶらりと見て終わった。立て続けに三軒回ったのだが、やはり目的もなく歩いているだけでは、選ぶ段階まで届かない。

慣れない店をただぶらぶら歩き回るのは、思いの外疲れる。いつのまにか昼も随分過ぎてしまったし、とりあえず腹ごしらえすることにした。以前入ったことがあるラーメン屋を近くに見つけ、迷わずそこに決めた。俺たちが一緒に入るのは大抵ラーメン屋だ。

十三時を過ぎても中は結構混《こ》んでいたが、ちょうど入り口近くの席が空き、すぐに座ることができた。

「あー、難しいな」

雪路が身体を伸ばしながらぼやく。

「おまえ彼女いたんだろ。高校んとき彼女と一緒にああいう店に入ったりしなかったの？」

出されたお冷を飲んでから問うと、雪路は難しい顔をして首を傾げた。

「入ったことはあるけど、女の後について行くだけってのと、自分で何か選ぶのは違うだろ」

「まあ、そりゃそうだけど。……てか俺、最初雪路見たとき、凄いモテそうだし女の子に慣れてそうって思ったんだよな。もっと女のことよく知ってるかと思ってた」

大学で最初に雪路を見たときのことを思い出してつい口走る。

「ま、高校んときはモテたけどな」

臆面《おくめん》もなく平然と言う雪路に、俺は心の中でこの野郎と悪態をついた。

「おまえこそどうなんだよ」

「俺？」

「おまえのそういう話、聞いたことないけど」

わざわざ口にするようなことは何もないので、言ったことがないだけだ。

「付き合ったことあるよ、高校生のときに二回。けど、付き合ったっていってもお友達の延長って感じで終わったし。俺全然モテないもん」

「そんなことはないだろ、おまえはモテるよ」

「いいよお世辞言わなくても」

「お世辞なんか言うかよ」

「だって、俺地味じゃん。顔も性格も普通で大人しいし、自分から話しかけたりできないし、面白くもないし」

「……おまえわかってないな」

雪路がやけに偉そうに言うので、俺はついむきになった。

「何がわかってないんだよ？　俺はこれまでモテたことなんかないの」

「違うんだよ。おまえな、顔が云々《うんぬん》じゃないんだ」

「じゃ、なんなんだよ」

雪路は俺をじっと見ると、ひとりで納得するように頷く。

「おまえはさ、ちょっと放っとけない感じがするんだよ。助けてやりたいような」

「なにそれ」

「だから、ちょっと、足りない感じ……」

「は⁉」

普通他人にそんな失礼なことを言うだろうか？　さすがに憤慨していると雪路は続けた。

「違う、ええと、頼りなさげというか、寂しそうというか、一緒にいてやりたくなるような……」

どうも釈然としない。だがとにかく、何となく頼りない雰囲気がある、と言いたいことだけはわかった。雪路は本当に、喋《しゃべ》るのが下手だ。

「モテてただろ。その高校んときの女に」

確かに告白されたのは向こうからだ。

「この間も……」

雪路がそう呟いた次の瞬間、目の前にラーメンが運ばれてきた。雪路は途中で言葉を止め、箸を取った。無言で啜り始めるので、俺も続く。

背後の出入り口がガラッと開き、大きな声が店内に響いた。

「んじゃあハルオの奢《おご》りな！」

若い男の声に、俺はびくりと震えて思わず背後を振り向いた。校章付きの白いシャツにブレザーのズボンという制服姿の高校生が四人、ぞろぞろと入って来るところだった。

見知らぬ顔にホッとしながらも顔を戻すと、雪路も驚いたのか目を丸くして「びっくりしたな」と呟いた。

俺たちのはす向かいの席に腰掛けた高校生たちは、何やら楽しそうに話している。ハルオ、と呼ばれた少年が、ぜってーイヤだ奢らないと言い張っているのを、周りの子が構っていた。

高校生の制服と、「ハルオ」という響きに、胸の底にしまってある痛みがぶり返すような気がする。

「晴生、伸びるぞ」

「あ、うん」

ついぼんやりと高校生たちを見てしまっていた。俺は急いで箸《はし》を動かした。


「こういう感じでどうでしょう？」

エプロンをつけた愛想のいい女性店員が、窓付きの箱に入れられて、綺麗《きれい》にラッピングされた品物を見せてくれる。

中にはピンク色のポーチにドット模様の手鏡、ブラシ、リップクリーム、ハンカチ、小さな手芸セットといった、いかにも女の子が持っていそうな物が、可愛らしい彩りでバランスよく収まっている。

俺たちは結局、四軒目に入ったファンシーな雑貨屋で、店員に相談したのだ。

小学校五年生の女の子へのプレゼントで、これくらいの予算、と説明すると、女性店員は一緒に店内を回ってくれ、率先して意見を言ってくれた。が、何を言っても俺たちから芳しい返事がないので、結局八割は店員が自分で選んだ。

だが、俺たちにとってはそれがとてもありがたかった。ピンクや薄いブルー、ミント色が詰まった箱の中がとても可愛らしいということはわかるし、自分たちだけでこのコーディネートはとてもできない。

これなら美香が喜びそうだと思っていると、雪路が確認するように俺を見た。満足そうな様子に、俺も微笑《ほほえ》み返した。

「はい、それでいいです。ありがとうございます」

プレゼントが入った紙袋を持って店を出ると、次は准の番だった。美香だけに何かを送ると准がヤキモチを焼くので、一緒に何か送ってやるそうだ。

「あいつはTシャツでいい。誕生日じゃないからな」

雪路は准に関しては少しも迷う様子がなくきっぱりと言い、躊躇《ためら》いなくファストファッションの店に向かっていく。とはいえ、たくさんある子供服の中から気に入ったデザインを選んでいる雪路の顔は、かなり真剣だった。

ちなみに俺も何か贈りたかったので、雪路とは別に、美香にはさっきの店でトートバッグ、准にはお菓子のセットを買っていた。

二人分のプレゼントを用意し、近くのコンビニからすぐに発送してしまうと、やっと一仕事終えた。

「二人とも喜ぶよ。おまえまでありがとうな」

「いや、なんか凄い楽しかった。色々初体験だったし」

ふふ、と笑うと、雪路も満足げに笑った。

その後も、お茶をしたり本屋に寄ったりし、家に帰りついたのは夕方だった。最近は日が落ちるのが早く、一日がやけに短い。

夕飯は家にある材料で、俺がチャーハンを作った。今日は昼が外食だったので、冷蔵庫の中のものですませる。

同居する際、食事を作るのは当番制にしようなどと言っていたけれど、実際のところ、一緒にご飯を食べる機会がほとんどないから、それはなし崩しになっていた。俺は一人でいるときも、できるだけ自炊するようにしている。最初は料理なんか全くできなかったのだが、今はチャーハンくらいならできるようになった。

とはいえ、雪路に食べさせるのはほとんど初めてだ。味には全然自信がないので反応が怖かったけれど、雪路は文句を言わずに全て食べてくれた。

「まずかった？」

「おまえ、美味《おい》しかったかって聞けよ」

自信がないので、つい否定から入ってしまうのだ。

「うまかったよ」

俺はホッと胸を撫で下ろした。

「今度は俺がカレー作ってやるからな」

雪路が自信満々に言うので「絶対な」と約束した。

夕飯を食べ終わると、俺は途端に寂しくなった。ずっと一緒に過ごせると浮かれた一日も、もう終わってしまう。

雪路が食器を洗い、二人でぼんやりテレビを見ていると、あっという間に時間は過ぎる。

「俺さ、一年くらいテレビ見てなかったから、この、出てるタレントほとんど知らねーんだよな」

雪路は眉間に皺を寄せてテレビ画面を睨んでいた。九時を過ぎ、既に眠そうに欠伸《あくび》を繰り返しているかと思ったら、シャワーに行ってしまう。

俺は内心、ずっと落ち着かなかった。

せっかくゆっくりできる夜なのに、雪路は何もせずに寝るつもりだろうか。

俺とやりたくないのだろうか？

ヤキモキしているうちに雪路が出てきたので、俺は入れ替わりに浴室に入った。その間にも、もしかして部屋が暗くなっているんじゃないか、雪路はもう寝ているんじゃないかと、気が気じゃなかった。

案の定、俺がシャワーから出てくると、雪路は歯を磨いていて、目覚ましまでセットしていた。

このまま黙っていたら、雪路は一人でベッドへ行ってしまいかねない。

洗面所から戻ってきた雪路がうんと伸びをした瞬間、俺は座ったまま、咄嗟に雪路のハーフパンツの裾《すそ》を摑《つか》んでいた。

「ん？　なに？」

雪路が屈託なく首を傾げる。黙っていては伝わらない。俺は腹を括《くく》った。

「あのさ、俺ら、付き合ってんだよな？」

「あ？　ああ、だな」

「でも、今のままじゃ友達だった頃と変わんないんじゃないの」

「……？」

雪路は一瞬何のことだかわからなかったようだが、すぐに察したのか、バツが悪そうな顔をした。

「俺は、それって違うと思う……っていうか、も、物足りない……」

さすがに顔が赤くなる。

雪路は珍しく居たたまれない様子で目を逸らしている。

「雪路」

「……おまえ、いいのか？」

「何が？」

「やっても」

「なんで！　当たり前じゃん！」

突然弱気な台詞《せりふ》を吐く雪路に、俺は詰め寄った。

「なんで今更そんなこと聞くんだよ？」

雪路は言いあぐねるように何度か口を開いては閉じるを繰り返した。俺の目をちらりと見て、観念したように口を開く。

「おまえさ、こないだ初めてだっつってたよな」

「え……うん」

「流されてただけ……っつうことはないよな？」

「……何言ってんの？」

「いや……」

雪路は困ったように頭の後ろをぼりぼりと掻《か》いた。

「……最初んときは勢いでなんも考えらんなかったけど、時間経てば経つほど、あれこれ考えちまって、触るタイミングが摑めないっつうか……」

「は？」

「忙しかったのももちろんあるけど、本当にこれ以上していいのかって……怖くなったんだよ。別に、やりたくないわけじゃない。やりてーけど、あれ以上やって晴生が我に返って嫌がるかもしれないとかさ。今度やったら、たぶん俺、もっと先までやりたくなるし」

俺はぽつぽつ喋る雪路の、きまりの悪そうな顔を、不思議な気持ちで見つめていた。

こんな雪路は初めて見たかもしれない。いつもポーカーフェイスで、何を考えているのか表に出さない雪路の、何とも居心地の悪そうな顔。

雪路でもこんな可愛らしい顔をすることがあるのかと思うと、胸に愛《いと》しさが込み上げて溢《あふ》れそうになる。

「おまえ、そんなこと考えてたの？」

意外にも程があった。俺が好きだと言った言葉を、覚えていないのだろうか。

呆れたけれど、その何倍も、嬉しかった。雪路はちゃんと俺を意識してくれていた。やりたいのは俺だけじゃなかった。

「おまえって、鋭いのか鈍いのかたまにわかんないよな」

「なにそれ」

「俺、おまえが好きって言ったじゃん。流され……って、確かにちょっと流されやすいとこあるかもしれないけど、お、俺だっておまえとやりたいし……今日だっておまえが休みって聞いたとき、ホントは俺、できるって思ったもん。おまえが先に寝ちゃったらどうしようって、さっきまでずっとハラハラしてたし」

自分で言いながらも、顔に火がつきそうだ。

きっと俺の顔は真っ赤になっているに違いない。雪路がじっと見ているのがわかって、恥ずかしいのに逃げ場がない。

「おまえ、そんなこと言って、知らねーぞ」

神妙な声に顔を上げる。雪路が睨むように俺を見ていた。

「雪……」

俺の声は途中で止まった。雪路が物凄い勢いで襲い掛かってきたからだ。身動きできないくらい強く抱き締められ、頭を押さえこまれながら口付けを受ける。息を継ぐ間もない激しいキスの嵐に、俺は溺《おぼ》れそうになりながらも必死にしがみ付いた。雪路が俺に触れてくれることが嬉しかった。

雪路は俺を引き摺《ず》るようにしてベッドに連れて行くと、あっという間に裸に剝《む》き、ベッドに転がした。自分も裸になってしまうと、性急にのしかかってくる。

「晴生……」

雪路がもどかしげに俺を呼ぶ。声音から、雪路の熱い思いが伝わってくるみたいだ。

「雪路」

「……うん？」

「俺を、好き？」

その口から一度もその言葉を聞いたことはない。自分で尋ねておきながら、雪路の答えが少し怖い。

雪路はフッとキツい目元を緩めた。

「好きだよ」

短い一言。

雪路の気持ちはわかっているつもりだったけれど、やはりこの一言を、俺は待っていたのかもしれない。

俺は雪路の首筋にしがみ付いて、俺も、と返した。

再び口付け、粘膜同士を絡み合わせる。唾液《だえき》が漏れるほど激しく、口唇と舌を重ねて吸った。雪路の手は俺の肌を這《は》い、胸を触り、既に硬くしこっている乳首を弄《いじ》り始める。やはり、そんなところを触られて身体を熱くする自分はおかしいのではないかと思ってしまう。だが、雪路の手は容赦なく、俺の小さな突起をもてあそぶ。俺は身体をくねらせながら、そこから生まれるじわじわと焦《じ》らされるような刺激に耐えた。

雪路の手がやっと乳首から離れたかと思うと、今度は股間で恥ずかしげもなく勃ち上がっている俺の中心に伸びる。俺は、雪路に触れられるとすぐにイッてしまう。これまでの二回ともそうだったから、今日こそはそんなみっともないことにはなりたくない。

そんな俺の気構えなど気にもかけず、雪路は俺の先端を指で軽く弾《はじ》くようにして、俺がびくりと身体を揺らすのを楽しんでいる。同じことを何度も繰り返され、その度に俺は「あッ、あッ」と小さく声を上げてしまう。

「雪路……ッ」

責めるように睨んだが、雪路は全く意に介した様子がない。再び同じようにされるのかと思っていると、今度はそっと包むように触れられ、軽く扱かれた。それだけで、ピンク色の先端が口を開け、先走りが溢れる。

こんな風に意地悪をされれば、またすぐに出てしまう。子供のように慣れない自分が恥ずかしい。俺は居たたまれなくなって、両手で顔を覆った。

「晴生」

呼ばれても無視する。

「晴生、ごめんって」

無理に手を引き剝がされ、真っ赤に染まった目にキスをされた。頰や口唇にも機嫌を取るようなキスが降りてきて、手玉に取られているのが悔しいと思いながらも、俺はすぐに雪路を許してしまった。

優しいキスを受けながら、雪路の片手は俺の両足の間に伸びている。指が、奥の窄《すぼ》まりに触れた瞬間、俺はびくりと震えて、身体を硬くした。

「ここ……いい？」

耳元で優しく問われる。

「……いや？」

真っ黒い瞳《ひとみ》が俺を見つめている。柔らかな声とは裏腹の、飢えたような目の色だった。

「いやだったら、しないけど」

囁くような掠《かす》れ声が耳を濡《ぬ》らしていく。言っている内容と顔つきが真逆だ。あやすような声はゾクゾクするほど色っぽくて、俺はその声に抵抗する術《すべ》を知らなかった。

「いやじゃない」

それは本心だ。俺は、このときのことを考えて色々調べていたし、雪路と繫《つな》がるセックスがしたいとずっと思っていた。

「けど、ちょっとだけ、怖い、かな」

想像はしていても、実際自分のそんな部分に他人が触れると、少し怯《おび》えてしまう。

正直に言った俺に啄ばむようなキスを落としたかと思うと、雪路は突然離れて行った。ベッドの下を片手で探っているので何をしているのかと思っていると、ローションを取り出してきた。いつのまにそんなものを用意していたのだろう。

俺の視線に気付いた雪路が、ホテルで買ったと教えてくれる。雪路が以前ラブホテルでバイトをしていたのを思い出した。俺が悶々《もんもん》としている間、雪路がちゃんと考えてくれていたことが、素直に嬉しかった。

雪路は俺の両足の間に座り込むと、足を大きく広げさせた。雪路の目の前に、俺の恥ずかしい部分が全て丸見えになってしまう。俺はその様子を見たくなくて、寝転んで目を閉じた。

ローションに濡れた指が、そっと俺の奥の窄まりに触れる。

奇妙な感覚だった。ローションの滑りを借りて、指はびっくりするほど滑らかに俺の中に入ってくる。けれど、慣れない異物感に、腰が自然と引けてしまう。俺は忙《せわ》しない息を何度も吐き出した。

「つらいか？」

首を横に振って答える。だが本当は、逃げ出したいような気持ちだった。俺の中に、しかも誰の目にも触れたことがない恥ずかしい場所に、雪路の指が入っているのだ。この違和感を、どうしたらいいのかわからない。

戸惑う俺の中で、雪路の指がぐるりと動いた。

「雪路……っ」

助けを求めるように名前を呼ぶと、雪路が再び俺に優しくキスをした。

「ごめんな、俺もこんなの、やったことねーから……」

整った眉《まゆ》の間に、一瞬だけ戸惑いが見えた気がした。未知の感覚にひどく怯えていたはずなのに、雪路が困っているかもしれないと思うと、受け入れてやりたい気持ちが強く湧《わ》いてくる。俺は雪路の目を見返して、一つ頷いた。

再び、雪路の手が俺の中で蠢《うごめ》き始める。

「う……っ……ゥッ」

指が、ゆっくりと出し入れを繰り返している。内臓を抉《えぐ》り出されるような感覚に、どうしても腹に力が入る。だがそうすると、尻の中がざらりと動いて、排泄《はいせつ》感に似た強い刺激が腰全体を襲うのだ。

「……ンッ……はッ……」

詰めていた息を吐き出し、俺はシーツを握り締めた。気持ちいいのか悪いのかわからない。身体の中を探られるのが苦しく、握り締めた手がしっとりと湿るほど汗を掻いていた。

次の瞬間、雪路の手が身体の奥の一点を引っ掻いた。

「あ……ッ？」

鋭い刺激が全身に走り、俺は無意識に腰を撥《は》ね上げていた。

雪路が手の動きを一瞬止め、俺をまじまじと見つめる。

「…………」

雪路は無言で、もう一度さっきの箇所を、今度は強く押した。

「アァァ……ッッ」

自分でも驚くような悲鳴が漏れてしまう。自分でコントロールなどできなかった。

「い、い……ッ、イヤ……だ、あッ」

雪路は少しも手を休めず、執拗《しつよう》に責めてきた。そこを突かれる度、身体の芯《しん》が蕩《とろ》けて、手足の隅々まで甘い針に刺し貫かれるようだ。身体を捩《よじ》って意地の悪い指から逃げようとしたけれど、雪路は許さなかった。

「う……ッ……ぅッ」

とうとう涙が出てきて、俺は悶《もだ》えながらもしゃくりあげた。こんな刺激、これまで知らない。自分がどうなってしまったのか怖くて俺は混乱した。泣くなんて情けないのに、涙が止まらない。

不意に、身体の中を激しく動いていた指が止まった。

「晴生」

目を開けると、すぐそこに雪路の顔がある。俺は泣いていることが恥ずかしくて、顔を背けた。

「びっくりした？　ごめん。でも、気持ちよかっただろ？」

俺は答えられなかった。気持ちいいのを通り越して、自分が別人になってしまったようで、怖かったのだ。

間もなく、緩んでほぐれた俺の足の間に、熱い欲望が押しつけられた。ローションで散々濡れたそこは、逃げるように雪路の昂《たか》ぶりを滑らせている。だが、すぐに捕らえられ、そこは圧倒的な熱量のもので、犯された。

「…………ッッ」

熱くて重いもので、串刺《くしざ》しにされているような恐ろしさ。なのに、雪路が入ってきているのだと思うと、この圧迫感すらどこか甘い。

俺は息を詰め、ときに大きく吐き出し、雪路を全て迎え入れた。

初めはゆっくりと、慣れてくると激しく、雪路は俺の中に突き立てた。身体の奥深くに、雪路が入り込んでいる。自分がこんな風に誰かを受け入れていることが信じられない。だが俺は確かに、雪路と繋がっている。

「あッ…あッ…あッ……」

揺さぶられ、突かれて、俺は雪路の身体の下で揺れた。このまま雪路に刺し貫かれて、身体が壊れて、どろどろに溶けてしまいそうだ。

雪路は気持ち良さそうに時折眉根を寄せ、熱い息を吐き出している。雪路が感じてくれるなら、俺は壊れても良かった。雪路のためなら何をされてもいい。何でもできる。

雪路の動きが更に早くなった。口唇が「イク」の形に動いたのを見る。次の瞬間、雪路は俺の中から自分を引き抜き、腹の上で射精した。

俺は絶頂を迎える雪路をうっとりと眺めた。達する瞬間の呼吸、嚙み締めた口唇、真っ赤な怒張から零《こぼ》れる濃い白濁。腹の上に零れるものを見ていたらたまらなくなって、俺は自分の股間に手を伸ばした。けれどその手はすぐに撥ね除《の》けられ、雪路の手に代わる。限界まで勃起して、今にも弾けそうだった俺の分身は、雪路の手で数度擦られただけで、呆気なく果ててしまった。

「おまえ、やりたくないのかと思ってた」

一緒にシャワーを浴びたあと、明かりを落とした部屋の窓から外を眺めている雪路に声をかける。

「そんなわけないだろ、おまえの百倍俺のがやりたかった」

雪路は眠たそうに欠伸をしながらも、こともなげに言う。俺はこの件で結構欲求不満を募らせていたというのに、何となく納得が行かない。

俺は雪路の足元に座り込んで、雪路の爪先《つまさき》を人差し指で突いた。

「……あのさ」

ここ最近ずっと蟠《わだかま》っていたことを話してみようかと試みる。口にするのは難しいけれど、自分を守っていては前に進まない。俺はそれを、強く思い知っていたはずだ。

俺は決心して口を開いた。

「今さ、俺とおまえ、全然話する時間とかないじゃん」

雪路が意外そうな顔で俺を見下ろした。

「……そうだな、言われてみれば」

「一緒にいる時間もないし」

「ああ、まあ……」

「おまえは、それ平気……？　俺は……寂しいんだけど」

やはり、口に出すと恥ずかしくなってきた。俺は俯《うつむ》く。

「し、仕方ないのはわかってるんだけど、生活のサイクルが違うし。けど、こういう感じだと、俺が一緒にいる意味あんのかな、とか、ちょっと考えて……なんつうか、俺、雪路のためになってんのかなって」

自分で言いながらも、凄い自己嫌悪に襲われる。

だからと言って、雪路にどうしろと言うのだろう。こんな気持ちは自分で解決すべきで、やはり口にしない方がよかったんじゃないだろうか。

「ごめんな」

謝られるのは予想外で、俺は驚いて顔を上げた。

「気付かなかった。そんなこと考えてたんだな」

それはそうだろう。雪路は毎日仕事で疲れ切っていて、当たり前にうちに帰ってきて、当たり前に眠っているだけだった。別に何も悪いことをしているわけじゃない。

「晴生、俺な、おまえと会う時間ないとか、思ってなかった。だって、朝出かけるときには必ずおまえは俺の横で眠ってるだろ」

雪路は何かを思い出すように穏やかな目をして、少し微笑んだ。

「おまえが寝てんの見て、寝顔にキスして仕事行くと、一日頑張れる気がしたし、仕事終わって帰ってきても、おまえの服とか、散らかした食器とか見てるとさ、一人じゃないって実感するんだよな」

何か、聞き捨てならないことを聞いた気がするけれど、そんなことよりも、俺は雪路の幸せそうな顔に目を奪われていた。

「俺、ここにおまえがいるって思うだけで凄い力が出るから……一緒に暮らして、よかったって、思ってる」

「雪路……」

やっぱり、雪路の一言は凄い。不安だった心の中が、いつのまにか温かで柔らかい感情で満たされている。

俺がここにいる。

それだけで、少しでも雪路の力になる。

俺はその一言で、こんなにも幸せだ。

雪路を見上げると、何か意地の悪い顔でにやっと笑っている。

「おまえ、こないだは結構強気で一緒に暮らす！　って宣言してたくせに」

「だ、だってあのときは……」

必死だった。雪路と一緒にいたくて、自分を受け入れて欲しくて。

「おまえが強引に誘ってくれてよかったよ」

俺は雪路の膝《ひざ》にコツンと額を当てた。雪路が俺の頭をくしゃくしゃと撫でる。

「けど、あれだな。やっぱたまには話しないとだな」

それには俺も賛成だ。

黙って一人で悩んでいるばかりでは、出ない答えもあるのだ。

ふと思い出して、俺は雪路を見上げた。

「寝てるときもいいけどさ、起きてるときにもしてくれよ」

雪路はすぐに何のことか気付いたようだ。俺が「ん」と顎を上向けると、甘いキスが降りてきた。

遠くで目覚ましの音が鳴っている。

俺はすぐに止まったその音をどこかで気にしながらも閉じた瞼を開けられないでいた。

ふと、口唇に柔らかで湿った感触が落ちてきて、俺は一気に目覚めた。

「あ、起こしちゃったな」

視界いっぱいの、雪路の顔。

俺はガバッと起き上がった。時間は朝の六時前。雪路の目覚ましは三十分前に鳴ったはずだ。

「寝坊した！　俺一緒に起きようと思ってたのに」

「いいよ無理すんな、寝てろよ。……って、起こしたの俺か」

作業服姿の雪路が笑いながら玄関に向かっていく。

俺は眠い目を擦りながらベッドから降り、雪路の後を追った。

俺は最近、深夜シフトが連続することはなくなっていた。というのは、俺がシフトを譲らなくなったからだ。

この間、店長と古株バイトが揃《そろ》って休憩しているときに、シフトのことで相談があると話をした。面と向かって自分の主張を口にするのはやはり苦手だが、逃げてばかりいては状況が変わらない。俺は気合を入れて、深夜勤務が続くのはつらいことを話した。月初めだったこともあり、自分が絶対に譲りたくない夕方シフトの日も一緒に見せた。もちろん、その他は調整しながら決めたいし、利ける無理は利く。それがかなわないなら、新しいバイト先を探そうと思っていた。

ダメ元だったけれど、相談という形で話を持ってこられては古株バイトも無視はできなかったらしい。今は、夕方と深夜が半々くらいだ。

夕方からだと、終わるのは十時。急いで帰れば、雪路は起きている。昨日も一緒に寝たから、一緒に起きようと思っていたのだ。

だがやはり、五時半には起きられなかった。自分にがっかりだ。

玄関のドアを開けると、ひんやりとした外の空気が部屋の中に入り込んでくる。

「じゃあな、いってきます」

雪路が振り向き、手を挙げる。

「うん、いってらっしゃい」

俺も手を振ると、雪路は途端に、何とも言えない甘い顔で笑った。溶けるような、柔らかな笑顔だ。小さく頷くと、たたっと駆けるようにして表に出て行く。

閉まった玄関ドアに、雪路の幸せそうな笑顔が残像のように浮かんだ。

数か月前はいつも厳しい顔をして、思い悩んでいた。けれど、あんな穏やかな優しい顔で笑うようになったんだな。

胸がきゅっと引き絞られる。

寝室に戻ると、ベッド脇の壁には前のアパートと同じように、美香と准の写真が貼ってある。俺はその写真をそっと手でなぞった。

ここに、いつか母親の写真が飾れる日がくればいい。

そして、さっきみたいな幸せそうな雪路の笑顔を、いつまでも見ていたい。

そのためには、俺がしっかりしなければならない。

ようやく気付いたけれど、俺は周りの皆よりも勉強が苦にならないようだし、とりあえずは大学を出て、安定した会社に入ろうなどと考える。

夢は、将来、俺が雪路と美香と准の支えになることだ。

なんて、ちょっと、大きく出すぎたかな。

そう思いながら、俺は再びベッドに潜り込んだ。今日は二コマ目の授業から出ればいいから、もう少し寝られる。俺は布団に微《かす》かに残る雪路の匂いに包まれながら、すぐに眠りに落ちてしまった。

ドアを開ける。

薄暗い部屋で目覚めた。

一体いつから寝ていたのか、今が朝なのか夜なのかはっきりしない。ベッドから見回した部屋は確かに自分の部屋のはずなのに、どこか余所余所《よそよそ》しい。まるで夢の延長のように感じる。

夢。

さっきまで夢を見ていたのだ。詳しい内容は覚えていなかった。ただ、何かを必死に蹴《け》り上げ、叩きのめし、なのに手応えがない。どんなに怒りをぶつけても、自分の手は少しも痛まず、ただもどかしさだけが残る。苦しくて、もう殴りつけるのは止《や》めたいのに、いつまでも拳《こぶし》を振り上げ続けるのだ。

ぼんやりと視線を巡らせると、カーテンレールにかかった制服が目に入る。誰の制服だろうと一瞬考えたが、自分以外の誰があの高校の制服に腕を通すというのか。母親が、クリーニングから取ってきて、あそこに制服を吊《つ》るしたのを覚えている。あれはいつだっただろう。

あの制服を着なくなってから随分時間が経《た》った気がする。半年にも一年にも感じるが、実際はひと月経っていなかった。

だが、過ぎた時間などどうでもよかった。

制服のことも、本当はどうでもいい。

硅《けい》は、何もする気が起きないでいた。食べることも寝ることも、息をすることも億劫《おっくう》だ。

この部屋から出るのが面倒で、日がな一日こうしてぼんやりとしている。

カチ、カチというううるさい音に目を向ければ、デジタル時計が夕方六時を指していた。

夕方で、もうこんなに暗いのか。

ついこの間まで、夕方は明るかった。外は蒸し暑く、セミの鳴き声が煩《うるさ》く、この部屋は常にクーラーを効かせ、入る度に「寒くない？」とあの人が聞いたのだ。

硅はベッドから起き上がった。

夏のことなど、思い出したくもない。

なのに、記憶はふとした瞬間に、心の中に忍び込む。あの声や笑顔を思い出させて、強い怒りを呼び起こす。

立ち上がると、くらりと眩暈《めまい》がした。よろけて転げそうになり、それにすら苛立《いらだ》って「クソッ」と吐き捨てた。

視界の端に映るのは、参考書とノートだ。見る度に苛々するのに、触るのも嫌でそのままにしている。

硅はふらふらと歩いて、積まれた参考書類を手に取った。突然、猛烈な嫌悪感が押し寄せ、部屋の壁に力いっぱい投げつけた。積まれているものを次々と、窓といわずベッドといわず、投げつける。ノートと参考書が、部屋中に撒《ま》き散らされてゆく。足元に転がったそれらをもう一度蹴った。参考書の一冊が、めくれて落ちる。

散々暴れても、少しもすっきりしなかった。

何をやっても、胸の内に巣食う怒りは収まらない。それどころか大きくなって、怒りは別の何かに変化しようとする。

虚《むな》しさのようなその感情を、硅は持て余していた。自分の中に溜《た》めておくのは苦しかった。吐き出してしまいたいのに、その術《すべ》がない。

暴れたせいか、腹が減った。そういえば、昨日から何も食べていないのだ。硅は仕方なく階下に降りた。

家の中は静かだ。母親はおらず、父親の姿も最近見ていなかった。

キッチンは散々な有り様だった。洗い物が溜まったシンクに、割れた食器。生ごみの腐った臭い。空き巣にでも入られたような惨状だが、そういえば数日前、階下でガシャガシャンと、何かが激しく割れる音を聞いた気がした。きっと母親が割ったのだろう。以前から、物事が思い通りにいかないと、食器を割る癖があった。

幼い頃、母親はよく硅を叱《しか》った。神経質な母親で、硅が服を汚したり、食べ物を零《こぼ》したりするとヒステリックに怒った。自分の気に入らない友人を作るのも許さなかった。硅が少しでも逆らうと、食器を壁に投げつけるのだ。

あんなに神経質で掃除好きな人が、キッチンをこんなにしてしまうのだから、人間というのは変わるものだ。いや、元から両極端な人だったのかもしれない。

割れた食器を踏まないように冷蔵庫を開けると、そこからも何かが腐ったような臭いがする。食べられるようなものは、何もなかった。部屋の中を見回すが、金が置かれている気配はない。いつも、いなくなるときは金くらい置いて行ったのに、今回はそれすらもないようだ。

硅は自分の財布を見てみた。いつからか小遣いすら貰《もら》ってないから、財布には幾らも入っていない。

だが、食うものくらいは買えるだろう。どんなに腹が立っても、何もする気がしなくても、腹が減る。

生理現象にさえ、苛ついた。

ハーフパンツにTシャツ、スニーカーを引っかけただけの姿で家を出た。

外の空気は久しぶりだ。長い間ずっと家に籠《こも》っていたから、まるで目が覚めるような爽快感がある。気持ちがいいのは、夏が終わっているからだ。いつのまにこんなに涼しくなったのか。

一番近くのコンビニに向かったが、入る手前で躊躇《ためら》った。ここに入って食べ物を買ってしまったら、後はもう、あの家に帰るしかなくなってしまう。

ついさっきまでどこにも行きたくないと思っていたのに、一旦《いったん》外に出ると、あんな臭い家には二度と戻りたくないという極端な気持ちになる。

硅はふと、昔通い詰めていた街のことを思い出した。

居場所がなく、ふらふらと遊んでいた頃、いつも向かっていた街だ。久しぶりに行ってみようかと思い立ち、硅はだらしない格好のまま電車に乗った。

夜の繁華街は雑然としていた。

目つきが悪いせいで、昔は夜の街をぶらぶらしているだけで、よく難癖をつけられた。喧嘩を売られても買わず、走って逃げたりしていたが、何度か殴られたことがあった。殴ったこともある。

遠い昔のことのような気がするが、たった一年かそこらしか経っていない。

歩いていると腹が鳴った。硅は汚れた街並みに立つハンバーガーショップに立ち寄った。中にも外にも、高校生が溢《あふ》れている。すぐ隣に煩い女子高生がいて、硅はちっと舌を打った。屯《たむろ》している連中も、騒ぐ奴らも全てがウザったかった。

百円のハンバーガーを三つ買い、外に出て道端で齧《かじ》る。黙々と食べていると、背後からどんっと強く肩を叩かれた。

「ああ？」

反射的に凄《すご》みながら振り向くと、金髪の少年が立っている。

「硅じゃん」

少年は馴《な》れ馴《な》れしく話しかけてきた。硅はどことなく見覚えのある顔を、目を寄せてじっと見た。

「……アキラ?」

随分痩《や》せて人相が変わってしまったが、それは紛れもなく、昔つるんで遊んでいた仲間内の一人だった。

「硅、おめーでっかくなってね?」

アキラは間延びした甲高い声で言って、にかっと笑う。前歯が一本欠けていて、笑うと愛《あい》嬌《きょう》があった。

「おまえ、歯ぁどうしたんだよ」

「これ?　こないださあ、やべー奴にごーって何発もさあ」

拳を握り、自分の頬《ほお》に当てるジェスチャーをする。何があったのか知らないが、誰かに殴られたのだろう。

「てーか久しぶりじゃんー、おめー全然顔出さないからさあ、よっさんとかかおりとかァ、めっちゃ怒ってたんだぜぇ、もうダチじゃねぇとか言って～」

アキラは相変わらず頭の悪そうな話し方をする。

「けどオレはそんなん思ってねえけどな～」

実際そんなに頭のいい奴ではないが、すきっ歯で笑った顔は、やはりどこか憎めない。そういうところは相変わらずだった。

「てかさあ、俺腹減ったんだわ」

硅は残っていた最後のハンバーガーをアキラに投げてやった。アキラは朗らかな笑顔を見せて、無邪気にハンバーガーに齧り付く。

「やりぃ、おまえって前からそうだよな～、優しいよな～、金持ってるもんなァ」

確かに当時、硅は仲間内の誰より金回りがよかった。家に金があったからだ。両親は、くれと言えばいつでも小遣いをくれたし、それをいいことに、常にせびっていた。厳しかった母親は、硅が成長し、学校に行かなくなり、乱暴になるにつれて、硅に媚《こ》びるようになっていた。

だから、硅はよくつるんでいた連中に奢《おご》ってやった。周りにはアキラのような少年が集まり、硅は彼らを仲間だと思っていた。

「なあなあ、よっさんとかいるぜ～、謝りに行ったらいいじゃん、そしたらまた遊べるしさあ。あ、かおりはもうダメだぜ、よっさんの女だからぁ」

吉村《よしむら》も当時の仲間だった。かおりは、そのとき付き合っていた女だ。セックス以外しなかったし、好きでもなかった。あれを付き合っていたと言うのか、よくわからない。

「なあ、行こうぜ～」

アキラは硅の腕を摑《つか》み、ぐいぐいと引っ張る。

硅はアキラに連れられて歩きながら、擦れ違う制服を着た高校生や、学生らしき男を眺めた。夜の街にはたくさんの人種がいる。

こうしていても、目は知らず知らずのうちに、たった一人を探していた。

あの人は、こうして遊び歩いたりすることはあるだろうか。

真面目な人だった。

アキラのように、ただただ誰かにたかり、他人の気まぐれで殴られ、居場所がなくてうろうろしているような奴のことなど、思い至らないだろう。

アキラにも家はあった。だが、父親が暴力をふるう。殴られ続けたアキラは、中坊の頃家に帰らなくなった。

「なあ、アキラ」

「なに？」

「おまえ、楽しいか」

アキラは眉間《みけん》に皺《しわ》を寄せた。難しい顔で首を傾《かし》げる。

「え～、そんなん考えたことねーし」

「ここにいられなくなったら、どうすんだ」

「そしたらどっか行くかな～」

「じゃあ、メシ奢ってくれる奴、いなくなったら」

アキラは一瞬だけ、常に浮かべているへらりとしたにやけ顔を固まらせた。

「そんなん、知らねー」

「おまえ、やりたいことねーの」

「あるよ、焼肉食いたい」

即答したアキラに、硅は小さく噴き出した。肩を揺らして笑う。

「なんだよぉ、おめー焼肉食いたくねえの？」

「いや、食いたい」

「だろぉ？」

けど、焼肉を食う金なんか、ないのだ。硅の財布には幾らも入っていない。家に帰っても、食べるものはなかった。

親がいないからだ。

今の硅は、一人で生きて行けない。腹は減りっぱなしだ。

硅は足を止めた。

「俺、帰るわ」

「ええ～？」

不満げなアキラの腕を振り解《ほど》き、硅は街を出た。

硅の居場所は、ここにはない。

それでは、自分はどこに行けばいいのだろう。あの暗い部屋だろうか。怒りが充満した、未練の詰まった、あの部屋でじっとしていろというのだろうか。

硅は駅へ向かった。ホームに座り、やってくる電車を見つめ、見送る。

「二三三」

電車の形式を呟いてみる。子供の頃よく見ていたのは二〇九系だった。

ホームには次々と電車が入り、去って行く。電車を見るのは何故か好きだった。子供の頃、線路脇に立って、行き交う電車を飽きずに見つめていた。

今、この目の前の電車に飛び乗って、どこまでも行けば、この胸にあるもやもやとした、行き場のない鬱屈した感情はどこかに消えるだろうか。

怒りのような、悔しさのような、悲しみのような、寂しさのような。

けれど、硅はどこかで知っていた。逃げても、きっと、ここに巣食っているものは消えはしない。

硅は立ち上がった。


真っ暗な家に戻ると、出るときは気付かなかったが、ポストが幾重にも差し込まれた新聞でいっぱいだった。一体いつから取っていないのか。相変わらず静かな部屋は、臭くて汚れている。外見だけは立派だが、中は散々だ。

暗い階段を上り、自室に戻る。部屋に入ると、何かに躓《つまず》いて、蹴り上げてしまった。明かりをつけると、部屋中にノートや本が散乱している。

出かける前、自分が作った惨状だ。

硅は屈《かが》んで、足元のノートを拾い上げた。捲《めく》ると、びっしりと書き込まれた字が目に入る。見覚えのある字を見た途端、胸が突然小さくなったみたいに、苦しくなった。

なんだよこれ。

いきなり、身体の中がしくしくと悲鳴を上げはじめる。

生真面目で優しい、晴生《はるお》の字。ノートはきっちり埋まっていた。赤いペンで『ここは注意！』などと矢印が書いてある。

「ハルオ」

名前を呟いた途端、目の奥が刺すように痛んだ。

硅はぎゅっと目を瞑《つむ》った。

あの人がバイトを辞めた後も、硅は何度もアパートへ行こうと思った。会いたくてたまらなかった。けれど、あんな風にふられたのに追いかけるのはみっともなくて、長い間我慢した。夏休みが終わる直前、どうしても堪《こら》え切れず、顔を見るだけだと言い聞かせて、アパートまで行ってみた。

だが、そこにあの人はいなかった。部屋を引っ越してしまった後だった。

もう、どこに行ってしまったのかもわからない。

あの人に会えることは、一生ない。

そう思ったとき、硅は絶望した。

好きでいてはいけないのだろうか。

思っているだけ、側にいるだけでもいけなかったのだろうか。

硅にはわからない。何故自分ではいけなかったのか、何度考えてもわからなかった。

好きな人がいる、とあの人は言った。

相手はどんな奴だろう。

きっと、自分よりはマシな人間だ。

生意気で、歳下で、強引で、我儘《わがまま》で、甘えている。物事が思い通りにならないからと、こんな風に、拗《す》ねてばかりいる、こんな男だ。

そいつがいようがいまいが、自分ではダメだったのだ。

この胸を満たしている、身体の中を暴れまわる怒りのような熱い塊。これは思慕だ。未だ燃え滾《たぎ》っている、ハルオへの恋心だ。

硅の身体も心も、ハルオへの気持ちでいっぱいだった。行き場をなくした思いが、詰まって、暴れまわって、出口を探している。

苦しかった。

この苦しみが消えることはあるのだろうか。消えるとして、一体どのくらいの時間が必要なのだろう。

硅は晴生の字の書かれたノートを強く握った。

こんなものを残していくなんて、あの人はひどい。

忘れたいのに、こうして思い出してしまう。

やっぱり好きだと、思ってしまう。

こんなものは捨てたい。

けれど、こうして抱いていてもいたい。

——大学、行けよ。

最後に言った、あの人の言葉が脳裏に蘇《よみがえ》る。

——硅を理解してくれる人は、どこかに必ずいるから。

あんた以外に、そんな人はいらない。

俺はあんたがいいよ。

あんたが好きだよ。

硅はノートを抱いたまま、母親がいつかここにかけた制服を見上げた。クリーニングに出した制服のことなど、あんなに不安定だった母親が、よく覚えていたものだと思う。

ここにいても、他にすることはない。

居場所もない。

それならば、探してみようかと、ふと思う。

先へ進むことで、自分の場所が見つかるとあの人は言う。

それなら、もう一度、机に座ってみようか。

見つからないかもしれない。途中で逃げるかもしれない。

だが、じっとしていても、腹が減る。

硅は立ち上がった。暗い部屋に佇《たたず》み、窓に掛かった制服を睨《にら》みつける。

今は暗い。

だが、朝は必ずやってくる。そのとき、あの制服に腕を通し、この部屋を出て、自分の場所を探す。

硅は、憎くて恋しい人が残して行ったノートを強く握りしめた。

アキラが焼肉などと言うから、さっきから焼肉が食べたくて仕方がない。

「クソ……」

硅は泣き笑いしながら小さく零《こぼ》した。

あとがき

はじめまして、こんにちは。夏生タミコと申します。

この度は『僕らは青い恋に溺れる』を手に取ってくださり、誠にありがとうございます。

このお話は、私が同人誌で出した『とおいラジオ』という話に、加筆修正を加えた改訂版になります。最初に書いたのは相当昔で、調べてみたところ、原稿に2000年と書いてありました。我ながら驚きました……。

当時、投稿作として書いたものがこの話の原形です。短い期間でしたが、少しだけ投稿していたことがあるのです。これを最後にやめてしまったのですが、数年後、修正したものを同人誌にしました。自分でも割と気に入っていたお話だったので、再版して少しずつ売り続けていたのですが、まさか出版していただけることになるとは……。作業が慌ただしく、感慨に浸る余裕もありませんでしたが、こうして思い返すと、しみじみしてしまいます。こんなに長い間、晴生と雪路、硅に付き合うことになるとは思っていませんでした。

文庫にしていただくにあたり、当然読み返し、修正して、書き加えるわけですが、一から全部新しく書いた方が早いような状態で……分かってはいたけど、大変でした。かなり加筆していますので、『とおいラジオ』を知っていらっしゃる方は、変わったところがはっきり分かると思います。結果的には、当時から自分が、書きたいと思っていたけど書いていなかった部分や、ずっと心残りだったシーンなど、書き足すことができてよかったです。

特に、硅のことです。この本を出してから今まで、読者の方々に硅が可哀想すぎる……ということの身勝手さや残酷さを書いたつもりだったのだと思います。ですが、今の私が読むと、やはり少しチクチクするのです。歳を取ったということなのかもしれません。

今回書き直すにあたり、担当様からの助言もあり、少しだけですが、硅のフォローができたのではないかなと思っています。

とはいえ、未熟ながらも三人の気持ちに向かい合った『とおいラジオ』も大事な作品ですし、未だに気に入っています。このお話があるから今があるのだと思います。付き合いが長いせいか、晴生も雪路も硅もとても好きなのです。この本を読んでくださった皆様が、少しでも、この三人のうちの誰か一人でも、気に入ってくださったら、とても嬉しいです。

イラストを担当してくださったコウキ。先生、美しいイラストを本当にありがとうございました。彼らの心が揺れるがごとく、水の中で揺れる三人に、とてもとても感激しました。

そして、このお話を文庫にと言ってくださった担当様、今回も本当にお世話になりました。

最後に、この本を手に取ってくださった皆様に、少しでも楽しんでいただけますように。

本当にありがとうございました。

✦初出　僕らは青い恋に溺れる……………同人誌掲載作品を大幅加筆修正
Tシャツを脱ぐ。……………………同人誌掲載作品を大幅加筆修正
ドアを開ける。………………………書き下ろし

夏生タミコ先生、コウキ。先生へのお便り、本作品に関するご意見、ご感想などは
〒151-0051 東京都渋谷区千駄ヶ谷 4-9-7
幻冬舎コミックス　ルチル文庫「僕らは青い恋に溺れる」係まで。

幻冬舎ルチル文庫

僕らは青い恋に溺れる

2015年6月20日　　第1刷発行

✦著者	夏生 タミコ　なつお たみこ
✦発行人	伊藤嘉彦
✦発行元	株式会社 幻冬舎コミックス 〒151-0051 東京都渋谷区千駄ヶ谷 4-9-7 電話 03(5411)6431［編集］
✦発売元	株式会社 幻冬舎 〒151-0051 東京都渋谷区千駄ヶ谷 4-9-7 電話 03(5411)6222［営業］ 振替 00120-8-767643
✦印刷・製本所	中央精版印刷株式会社

✦検印廃止

ISBN978-4-344-83472-9　C0193　Printed in Japan